Luiz Puntel

DEUS ME LIVRE!

No ano de seu lançamento (1984),
esta obra foi premiada pela *Biblioteca Internacional para a Juventude,*
com sede em Munique, onde
anualmente são selecionadas
as publicações mais importantes de
cada país.

Série Vaga-Lume

editora ática

Este livro apresenta o mesmo texto das edições anteriores

Deus me livre!

Editor	Fernando Paixão
Coordenadora de revisão	Ivany Picasso Batista
Revisora	Luciana Soares
ARTE	
Layout de capa	Ary Almeida Normanha
Capa e ilustrações	Milton Rodrigues Alves
Coordenador	Antônio do Amaral Rocha
Diagramação	Elaine Regina de Oliveira
Arte-final	René Etiene Ardanuy

CIP-BRASIL. CATALOGAÇÃO NA FONTE
SINDICATO NACIONAL DOS EDITORES DE LIVROS, RJ

P984d
10.ed.

Puntel, Luiz, 1949-
Deus me livre! / Luiz Puntel ; ilustrações Milton Rodrigues Alves. - 10.ed. - São Paulo : Ática, 2000.
96p. : il. - (Vaga-Lume)

Contém suplemento de leitura
ISBN 978-85-08-02683-8

1. Novela infantojuvenil. I. Alves, Milton Rodrigues. II. Título. III. Série.

10-5221. CDD: 028.5
CDU: 087.5

ISBN 978 85 08 02683-8 (aluno)
CL: 730723
CAE: 233222

2025
10ª edição
17ª impressão
Impressão e acabamento: Forma Certa Gráfica Digital
Código da OP: 286564

Avenida das Nações Unidas, 7221 – Pinheiros – CEP 05425-902 – São Paulo, SP
Atendimento ao cliente: 4003-3061 – atendimento@aticascipione.com.br
www.aticascipione.com.br

UMA PRAGA DO EGITO NO INTERIOR DE SÃO PAULO

Quando tentavam se livrar de uma praga de insetos, os moradores do beco do Deus-me-livre acabaram colocando fogo em suas próprias residências. Esse fato trágico pode ter sido acidental, mas Tinho tem sérias razões para desconfiar do contrário. Por outro lado, está parecendo aquela praga que devastou o Egito na Bíblia...

E, por falar em Egito, o que pode ser a "Operação Pirâmide"? Que interesse teria alguém em desalojar os moradores do Beco? É o que Tinho precisa descobrir, e rápido, porque além de tudo ele está sendo apontado como o suspeito número um de um roubo...

Você vai ler uma aventura emocionante que tem como fundo um problema real da sociedade brasileira: a questão da posse da terra. Esta história, em que a ação e o suspense seduzem o leitor da primeira à última página, pega fogo logo de início. Deus me livre!

CONHECENDO **LUIZ PUNTEL**

É a preocupação com a realidade brasileira que caracteriza os livros de Luiz Puntel, como se vê em **Deus me livre!** *Mineiro de Guaxupé, passou a infância em São José do Rio Pardo, no interior de São Paulo. Adolescente, mudou-se para Ribeirão Preto, no mesmo Estado, onde reside ainda hoje. Pensou em ser padre e chegou a ingressar no seminário. Depois, mudou de ideia e passou a exercer múltiplas atividades. Hoje, alem de professor de Português e Redação, é um grande escritor, principalmente de histórias para jovens.*

Luiz Puntel

DEUS ME LIVRE!

Ao padre
Angélico Sândalo Bernardino
bispo auxiliar de São Paulo,
por ter dedicado a vida aos
sem-terra.

"Ai dos que planejam o mal (. . .)
Apoderam-se das terras,
roubam a casa dos pobres (. . .)
A paciência do Senhor chegou ao fim."

(Miqueias 2: 1 — 3)

ALGUÉM TEM UM APAGADOR DE MEMÓRIAS?

Ser acusado de um crime que não se cometeu é a pior coisa do mundo. Só quem já passou por esse drama pode compreender o sufoco que é ter de pagar por uma falta não cometida, por um crime não praticado.

Eu digo isso porque já estive nessa situação. Sem querer, entrei na maior fria da minha vida. E tudo aconteceu quando eu vinha voltando da escola, tarde da noite, em um dia que eu gostaria de esquecer, de apagar da minha memória, como se apaga um quadro-negro.

Eu curso o primeiro colegial, período noturno, na EEPSG Cônego Musa Julião Motta de Barros, na cidade de Ribeirânia.

Na noite em que tudo começou, nós tivemos só três aulas: uma de Português e aula dupla de Matemática, uma prova muito difícil. Na hora do intervalo, fomos dispensados. Em vez de ir direto para casa, ficamos conversando eu, o Carolli e o Roberto Ruocco, um colega que veio de Pinhal.

O Carolli, repetente do primeiro colegial e mais velho da turma, tem o apelido de Veio. Ele não se importa. Creio mesmo que ele gosta de ser chamado assim. Dá mais moral para ele.

Até aquele dia, eu, o Veio e o Roberto éramos amigos inseparáveis. Mas a partir daquela noite, com tudo o que aconteceu, nossa amizade ficou muito abalada. Hoje já voltamos às boas, mas foi difícil superar a desconfiança deles.

Na saída da escola, uma vez que tínhamos bastante tempo, ficamos conversando na esquina. O Carolli, como era bom de Matemática, ficou resolvendo os exercícios da prova.

— Pô, Tinho! Mas era uma barbada, mermão! — ele me explicava, quando eu disse que não conseguira resolver a segunda questão, um problema envolvendo equação do segundo grau. — Quando você obteve o número vinte e dois, era só passar o xis para cá e. . .

Tinho, esse é o meu apelido. Meu nome é Walter. Walter da Silva, mas todo mundo me conhece mesmo é por Tinho; tanto lá no Musa Motta, como no Beco, onde moro.

— Barbada pra você, que é chegadão nos números — respondi, justificando-me.

— Pra mim também é fogo. Matemática é muito complicado. Veio, você bem que podia dar umas aulas particulares pra gente, né? — disse Roberto, o olhar na direção de Carolli.

Nesse momento, o Valdir Domeneghetti vinha se aproximando da rodinha.

— E aí, pessoal? Vocês também foram dispensados?

Ao me ver, ele perguntou:

— Tinho, você falou com o gerente do seu banco?

Antes que eu respondesse, ele continuou:

— Se eu conseguir ser guardinha lá no Banco do Brasil, eu tô feito. . .

— Que guardinha, meu! Mais respeito. Eu sou menor estagiário — respondi, em tom de gozação. Depois, sério: — Deixe comigo, Valdir. Eu tô batalhando. Falei com o seu Baraldi, o gerente, e ele disse que a escola tem que indicar o seu nome. Aí você faz um teste lá e, se der legal, você vai mesmo ser *guardinha* do Banco do Brasil — voltei a chateá-lo, reforçando a palavra guardinha.

Na verdade, não era tão fácil assim. A seleção era fogo. Tive muita sorte conseguindo entrar lá. Portanto, minha vida é assim: estudo à noite e, de dia, sou o lépido, rápido e rasteiro menor estagiário do Banco do Brasil, com as funções de ir e vir do térreo ao décimo andar, levando e trazendo documentos, tirando fotocópias, sempre rapidinho, que eu não dou moleza mesmo. No dia do meu aniversário, até ganhei um troféu, em reconhecimento à minha esperteza.

Naquela noite ainda falamos de futebol, comentando a fase ruim do Coríntians, mas elogiando a personalidade amadurecida e o espírito de equipe do Sócrates. Quando eu falei que o Palmeiras também não andava bom das pernas, o Valdir — que é palmeirense verde — se queimou. Aí o Roberto interferiu:

— Vamos mudar de assunto, senão vocês vão acabar brigando. Vamos falar de meninas. Vocês viram como a Biasoli está bonitinha?

Pronto. O assunto agora era mulher, e de mulher todo brasileiro também entende e dá palpite.

— Sou mais a Eloísa Gazini — o Carolli votou.

— Aquela morena, colega da Roberta? — perguntou Valdir.

— Essa mesmo. Ela é um chuchuzinho. . .

— Eu prefiro a Leonel, Veio — o Valdir escolheu.

— Eu fico com todas — respondi, colocando um ponto final na votação.

Aí o Carolli se lembrou de comentar o caso dos túmulos arrombados.

— É mesmo, vocês ouviram falar? — o Roberto fez cara de quem viu assombração.

— O Tinho viu os caras, não viu, Tinho? — Valdir apontou em minha direção.

Eu não queria comentar, mas não tive como sair dessa.

— Conta pra nós, Tinho...

— Bom, vocês sabem que o cemitério fica no caminho do colégio pra casa. Toda noite eu passo por lá. Ontem, eu ia passando rente ao muro e ouvi vozes...

— Era alma do outro mundo ou assombração, mermão? — o Carolli quis tirar um sarro.

— Aí, ó! Eu já não estava a fim de contar, que eu sabia que ia ter gozação...

— Veio, sem essa né, meu! — Valdir bronqueou.

— Eu já estava cabrero — continuei, sob protesto — porque, não faz muito tempo, eu fui visitar o túmulo do meu pai e lá no cemitério os coveiros estavam comentando que, naquela madrugada, alguém havia violado dois ou três túmulos. Quando eu ouvi as vozes, lembrei-me da conversa com os coveiros.

— Você não ficou com medo, Tinho? — perguntou Roberto, interessado na história.

— Medo de quê?

— Sei lá, de alma penada, assombração, mula sem cabeça, esses troços...

— Eu tenho medo é dos vivos; dos mortos não... Eu escutei as vozes e resolvi observar por cima do muro... — continuei a contar. — Não deu outra. Dois sujeitos estavam escavando um túmulo, não muito longe dali. Como eles estavam ocupados, nem perceberam que eu os observava. Um deles falou assim: "Enterraram fundo demais esse defunto, hein, cara!" O outro respondeu: "Isso é nem enterrar, amizade, isso já é plantar o coitado aí dentro". Eu queria dar um susto nos dois, mas fiquei com medo. Pensei em dar um gemido forte, sei lá. Mas e se eles me encarassem, eu estava frito. De repente, lá no fim da rua, apareceu uma radiopatrulha...

— Aí você avisou os guardas? — Carolli perdera o ar de gozação e acompanhava a narrativa com interesse.

— Eu pensei em avisar, Veio, mas preferi descer do muro, antes que me vissem, e seguir o meu caminho. Fiquei com medo que eles me confundissem com os arrombadores...

De repente, o Carolli me fez uma pergunta que me deixou muito chateado:

— Tinho, você falou que foi visitar o túmulo do seu pai. E o assassino dele, a polícia ainda não descobriu quem foi?

Eu não queria comentar nada sobre a morte do meu velho, mas ele insistiu e o jeito foi encarar.

Não fazia muito tempo, meu pai fora estupidamente assassinado. Chegaram ao requinte de esquartejar barbaramente o seu corpo.

Foi uma cena horrível, que abalou a todos os moradores do Beco. Eu não gosto nem de lembrar muito isso. Ver o pai da gente naquele estado é uma cena que nunca mais sai da cabeça de ninguém.

Não fosse a fibra de dona Jacinta — minha mãe —, eu e os manos até hoje não saberíamos o que fazer.

Meu pai não teve muita instrução, mas tinha cursado a escola da vida, essa sim a responsável pela sua formação. E foi nessa escola que ele se diplomou, ensinando pra gente que o mais fraco precisa falar, botar a boca no mundo, gritando, se for preciso.

Foi essa fibra que fez dele um homem respeitado lá no Beco.

Quando eu ainda era de colo, só pra recordar, os trens da Mogiana passavam por dentro de Ribeirânia. E passavam pertinho do Beco. Padre Bernardo, vigário lá do Beco, cansado de pedir ao prefeito para colocarem uma cancela a fim de evitar mais acidentes e mortes, sentou-se na linha do trem, impedindo que as locomotivas continuassem atropelando os moradores.

Meu pai foi o primeiro a seguir o seu gesto, incentivando o resto.

Isso lhe valeu a liderança no Beco. Depois disso, era comum ouvirem meu pai pra tudo. Qualquer desavença, qualquer bate-boca, lá estava meu velho dando sua opinião, fazendo valer o seu diploma da escola da vida.

Foi ele quem enfrentou o "xerife" Boca Torta, um bandidão que apavorava a todos lá no Beco. Depois que ele desarmou o bandidão a unha, na base do olhar duro e firme, nunca mais nenhum xerife se atreveu a fincar base no Beco, sem que levasse o troco. Assim foi também com Malufim, Ademarzão e Taturana.

Meu pai sabia, no entanto, que o que vale mesmo é um diploma, um cartucho como ele dizia.

— Filho, sabedoria ninguém te róba — ele falava quando me via farreando com a molecada do Beco. — Toma tento que sem cartucho ocês vão ter que dá murro em ponta de faca, que nem eu...

Realmente, ele não merecia morrer daquele jeito. Ninguém merece. Além de esquartejá-lo, a malvadeza foi tanta que estancaram o corguinho da Onça, que passa pelo Beco, e o seu corpo ficou boiando sem destino, as águas sangrentas inundando o terreno dos barracos, querendo invadir as casas.

— Não encontraram não, Tinho? — Carolli insistiu.

— Não, Veio... ainda não... — respondi, vagamente.

Vendo que eu me entristecera com a lembrança da morte de meu pai, cada um resolveu tomar o seu caminho, a conversa morrendo ali.

Despedi-me com um tchau sumido, tomando meu rumo, sem saber que o pior ainda estava por acontecer.

MALDITA MANIA DE LER GIBI AMERICANO!

Deixando os colegas, tomei o caminho de casa. Moro no Beco do Deus-me-livre, um terreno muito grande que, por ironia do destino, acabou ficando encravado entre a Vila Carvalho e o Tanquinho — os dois bairros mais chiques de Ribeirânia. Dizem os mais antigos que aquele pedaço de mundo pertenceu a uma fazenda de um homem chamado Artésio, que morreu e não deixou herdeiros, uma história mais ou menos assim. Dizem também que, antigamente, era comum os moradores da cidade exclamarem:

— Mas você mora lá nas terras do Artésio? Deus me livre!

E a expressão pegou pra valer. Com o tempo, a cidade veio montada a galope no progresso e o que era longe ficou perto, o que era distante ficou ali mesmo, encravado no umbigo da cidade grande, atrapalhando. E *Deus-me-livre* deixou de significar lonjura para se transformar em desprezo, incômodo, em sinônimo de estorvo, aborrecimento.

A gente se acostumou a chamá-lo de Beco por falta de outro nome, mas é quase uma favela: velhas casas, humildes, mais para casebres do que residências e muitos barracos amontoados entre vielas, travessas, ruas irregulares e estreitas.

Para ali eu me dirigia, quando tudo aconteceu.

Devia estar beirando a meia-noite. Eu vinha pensando na morte de meu pai, o velho Afonso, na minha mãe, que não derramou uma lágrima, tal a sua fibra, em tudo o que de ruim havia acontecido. Eu já havia passado pela praça Sete de Setembro, pelo correio, pelo cemitério, subido a Ludovico da Cunha e estava entrando na Monte Alegre. Se eu soubesse o que estava para me acontecer, teria preferido andar vinte quilômetros a entrar naquele quarteirão.

Pois foi só dobrar a esquina e deparei com uma coisa estranha: em frente à Faculdade de Medicina, no meio do quarteirão, havia uma Kombi parada no meio-fio, um pouco para a frente, debaixo de uma árvore, onde a luz não iluminava direito. Tudo normal, até aí. Afinal uma perua Kombi parada no meio-fio, mesmo em lugar mais escuro, não tem nada demais, ou tem?

O que me chamou a atenção foi que, ao chegar perto do prédio da Faculdade, eu vi um homem em atitude suspeita, andando pelo corredor lateral. Rapidamente, com um pé de cabra, ele começou a forçar a janela.

Parei atrás de uma árvore, olhando o que ele ia fazer. Assim que conseguiu abrir uma das folhas da janela, tomou impulso e pulou o parapeito.

Não havia mais dúvidas: era um ladrão. E ladrão — era dito de boca em boca no Beco — trata-se a pescoção.

Não hesitei. Corri, atravessando a rua. Largando os livros da escola no jardim enquanto corria, eu me senti o Super-homem lutando contra os inimigos de Metrópolis. No mesmo pique que eu vinha, tomei impulso e — vumpt! — bati os pés no chão, saltando que nem o meu herói preferido. De um pulo, eu estava no parapeito da janela. Como um gato — vapt! — pulei para dentro do prédio.

Só aí é que entendi que de Super-homem eu só tinha dois ou três gibis, todos eles faltando algumas páginas, guardados na gaveta da cômoda lá de casa. Ali estava eu, o Tinho do Beco, subnutrido e raquítico anti-herói, ser nada super-humano, brasileiro sim senhor.

Foi só eu botar os pés no chão — plaft! — e levei logo as mãos à cabeça, vendo a burrada que fizera.

— Quietinho aí, garotão! Pare onde você está. Não se mexa e nem pense em bancar o engraçadinho...

— Pô, meu! Desculpa, tá? Devo ter entrado em janela errada. Eu tava pensando que...

Surpreso, Tinho parou atrás da árvore e viu quando o homem pulou o parapeito da janela.

Não adiantou querer me desculpar. A voz foi autoritária:

— Sem pensar, garotão... Já que entrou, agora fica. Sem pensar e sem falar, tá legal?

Tava, o que eu podia responder? Minha vontade era fazer tudo ao contrário, como nos filmes do cinema mudo: despular a janela, voltar para trás da árvore, para a rua Ludovico da Cunha, mudar de caminho e tomar rumo ignorado.

"Maldita mania de ler gibi americano!" — pensei.

— Enquanto eu acendo a lanterna, feche a janela. Mas devagarinho...

Quando fechei a janela, ficou tudo escuro. Só conseguia ver o facho da lanterna que o homem portava, à minha direita.

— Não se mexa, garotão — disse ele, quando eu tentei me mexer. — Só faça o que eu mandar. Se você já brincou de mocinho, sabe o que é um "berro", não?

Eu sabia. Só que o dele não deveria ser de brinquedo, como os do meu tempo de moleque.

— Agora sim, vá se virando devagar. Assim, como um bom menino... De leve, amizade! Na maciota. Muito de leve, falô?... Tá vendo esse saco aí no chão? — E o facho de luz iluminou perto dos meus pés.

Eu estava.

— Pega ele... Não, assim não. Eu disse na maciota. Como um bom menino... A gente não tem pressa, certo? Amizade, está vendo esses vidros aí na sua frente, em cima do balcão?

Eu não estava. Depois, com o facho da lanterna, eu vi os vidros sobre o balcão, uma infinidade deles.

— Com calminha, falô? Com calminha, amizade. Isso, você vai colocando um por um dentro do saco.

Ao ver que os vidros estavam cheios, eu não quis obedecer. Parei, horrorizado. Num clique, compreendi onde estava: era a sala da doutora Rosângela Conceição. Ainda na semana passada, eu estivera naquele prédio, naquela mesma sala, entrevistando a doutora para um trabalho de escola. Viemos eu, o Veio, o Roberto, a Cris Biasoli e a Cláudia Leonel — a nossa equipe toda.

— Por favor, cuidado com esse balcão — disse-nos a doutora, logo que entramos na sala. — Estes vidros estão cheios de barbeiros infestados. Estes bichinhos — e a doutora pegou um vidro com indiferença, demonstrando intimidades — transmitem uma doença terrível: a doença de Chagas. São meus companheiros de pesquisa. Eu os venho pesquisando há muito tempo...

Dentro dos vidros, gordos insetos — centenas deles — projetavam suas patas imundas contra o vidro, querendo subir até a tampa, mas escorregando em cada tentativa.

Naquele momento, eu não tinha escolha; sabendo que eu tinha um revólver às minhas costas, o jeito era obedecer. Eram os barbeiros pela frente e o revólver às costas. Hesitei, mas sabia que acabaria obedecendo.

— É isso aí, garotão! Vai pegando ou eu meto uma azeitona na sua cabeça. Pra mim tanto faz, amizade!

Tive medo, mas não havia escolha: era preciso obedecer mesmo. Com nojo, comecei a pegar os vidros, colocando-os dentro do saco. Com a operação, os insetos ficaram excitados, tentando sair dos vidros, o que aumentou o meu medo e o meu nojo.

Quando terminei, o homem ordenou:

— Agora nós vamos sair daqui pela porta da frente, numa boa, tá legal? Você vai na frente, carregando o saco nas costas. Eu vou atrás — disse ele, calmamente. — Se cruzarmos com alguém, você não sabe, não viu, não conhece... Deixa que eu dou as explicações. Na rua, não banque o engraçadinho. Tô de olho no saco e em você. Descuidou, dança!

Àquela hora, o prédio estava vazio. A rua também estava deserta. Atravessamos o jardim rapidamente. Para minha sorte, já na rua, não longe dali, vinham dois moradores do Beco: o Pedrão, um sujeito patoludo e mal-encarado, um tipo estranho, e seu Odair. Pedrão já ia para o seu ofício de guardador de lugar na fila do INPS. Já seu Odair era guarda-noturno nas vizinhanças. Tentei retardar o passo, fazendo cera, mas o homem me ameaçou, cochichando pressa.

Pedrão e seu Odair me reconheceram. Antes de entrar na parte traseira da Kombi, tive a certeza de que eles me reconheceram.

O homem trancou-me lá dentro, fechou bem os vidros e, logo depois, o furgão saía cantando os pneus.

"Ainda bem que eles me viram", pensei. No dia seguinte, poderiam testemunhar a meu favor, contando que eu não tinha nada com o roubo dos barbeiros, provando que eu estava sendo forçado.

Logo que a Kombi começou a andar tentei me safar, mas vi que era besteira: a porta só abria por fora.

Acostumando-me com o escuro, percebi que havia um respiradouro que dava para a cabina e, encostando o ouvido no buraquinho, dava para escutar mais ou menos o que os dois homens falavam.

— O que saiu errado? — perguntou o motorista, em tom de censura.

— Você não viu um garotão pular a janela, logo depois que eu entrei no prédio, amizade? O jeito foi trazer ele junto...

— Você está maluco, cara?

— Você acha que eu podia deixar o garotão soltinho da silva para fazer o meu retrato falado pros tiras?

— Eu não queria entrar nessa, cara! Eu avisei pra você que o nosso negócio é arrombar túmulos, não é mudar de ramo...

— Qualé, amizade! O tempo das bocas-ricas já passou. É bom ir pensando em deixar essa vida de tatu. Daqui pra frente, é preciso mudar sim.

Então era isso. Bem que eu estava desconfiado que aquelas vozes eram familiares. Os dois eram os mesmos que andavam arrombando os túmulos.

— E o que a gente vai fazer com ele, cara?

— Isso é o chefão quem vai resolver. Mas eu não podia deixar ele ficar lá, né, amizade?

O motorista parecia ter entendido, porque não insistiu mais. Houve, então, um longo silêncio entre os dois. Depois de um bom tempo, eles retomaram a conversa, o *amizade* tentando convencer o motorista.

— Era a melhor hora pra se entrar no prédio. A gente não contava era com o aparecimento desse palhaço...

— Sei não, cara. O chefão não vai gostar nada disso. Não estava nos planos, entende? O negócio era pegar os barbeiros, sem deixar pistas. Aí a gente começava a praga e tudo bem. Agora, temos que voltar à garagem, falar com o chefão, levar bronca.

— Nisso eu fui esperto, amizade! — e ele deu uma risada irônica. — Se alguém vai se ferrar, vai ser o garotão aí atrás. Quando ele apareceu, eu mandei ele encher o saco de barbeiros. Tem impressão dele por todos os lados. Se alguém vai se ferrar, esse alguém vai ser ele.

"Droga de vida! Mais essa, então?" — pensei, fulo da vida, sem nada poder fazer.

A Kombi, para me confundir, começou a andar em círculos. Na certa, os homens não sabiam o que fazer comigo, apesar de terem dito que iriam voltar à garagem. O fato de ficarem andando me deu uma relativa calma. Não iam me matar imediatamente. Pretendiam mesmo me levar até o tal chefão. Caso contrário, não se preocupariam em dar voltas e voltas. Bastaria ir direto para o mato, abrir a porta traseira do furgão, mandar que eu descesse, para me fuzilar com um balaço na testa, como fazia o Esquadrão da Morte.

Uma coisa que me intrigava era o destino dos barbeiros. O que fariam com eles? Que praga seria essa? Por que estavam roubando mais de mil barbeiros? O que fariam com eles, meu Deus?

— O que a gente vai falar pro chefão, cara? — o motorista retomou a conversa.

— Sei não, amizade! Mas, de qualquer jeito, os barbeiros estão aí. Vamos direto pra garagem agora. O chefão deve estar lá.

Depois de rodarmos um tempo que não sei se foi de quinze minutos ou meia hora, mas que tinha a sensação da eternidade, a Kombi foi diminuindo a velocidade, até parar. Pelo sacolejar, devia ter deixado o asfalto e entrado em uma estrada ou rua de terra. Logo depois, notei que alguém desceu da Kombi para abrir algo como um portão. O furgão rodou por um terreno cheio de pedregulhos e tive a certeza de que chegávamos a um pátio de manobras.

— Lá está o chefão, cara! — escutei o motorista afirmar. — Vai dar o maior bode quando ele souber do seu garotão aí atrás.

— Fica frio, amizade! Você está parecendo maria-mijona...

Desceram. Os passos sobre os pedregulhos se distanciaram. Não demorou muito, retornaram apressados, com mais alguém.

— Mas como imprevisto, seus palermas?! Vocês já deviam estar executando o Projeto Pirâmides... — uma voz rouca e nervosa ordenava, impaciente.

— É isso aí, chefão...

— Isso aí, o quê?

— Imprevisto, né! O que se pode fazer...

— Mas que imprevisto, seu lesma?!

— Tá aí dentro do furgão...

— Então abre isso logo, seu palerma!

O *amizade* tremia todo. Pela sua voz, dava para perceber que ele esperava o pior.

A porta do furgão foi aberta, e a luz da lanterna feriu meus olhos.

— Mas o que é isso, seus palermas! Por acaso vocês são da Assistência Social, para ficar recolhendo os menores carentes, hein? — e o chefão de voz rouca e nervosa dava cascudos no *amizade* e no motorista.

— É isso aí, chefão! A gente pensou em dar um fim nele, mas não quisemos tomar nenhuma decisão sem consultar o senhor — o *amizade* se desculpava. — Ele se meteu a abelhudo, pegando a gente com a colher no mel...

— Fizeram bem, seus palermas — adquirindo o sangue-frio, a calma, o chefão sorriu, irônico —, fizeram muito bem. Nem eu e nem o doutor gostamos de tirar uma gota de sangue de ninguém. Que os barbeiros façam isso, tudo bem, mas eu não tenho coragem disso... Pra fora, seu fedelho! — ele me ordenou. Virando-se para os dois homens, ele decidiu: — Levem-no para baixo. Que curta umas férias prolongadas até o doutor decidir o que fazer com ele.

Quando desci da Kombi, o *amizade* ordenou que eu abaixasse a cabeça, não olhando para ninguém. Estava escuro, mas eles não queriam se arriscar.

— Não é preciso — sentenciou o chefão. — Escute aqui, seu fedelho, se abrir o bico, morre antes que os outros. Você já vai levar o seu por se meter onde não é chamado — e dirigindo-se aos dois, ele falou: — Não batam muito, só o suficiente para mostrar do que vocês são capazes se ele destramelar a língua. E quando terminarem, podem começar a praga, dando continuidade ao Projeto Pirâmides...

Ao se afastar, enquanto eu era levado para dentro da garagem, ele dizia mais para si:

— Finalmente chegou a vez daqueles palermas do Favelão. Eles vão ver com quem estão lidando...

Enquanto uma porta era aberta à minha frente, fiquei tentando ligar o roubo dos barbeiros à frase proferida no escuro da noite. Favelão era como o povo de Ribeirânia se referia ao Beco do Deus-me-livre.

De repente, tudo ficou muito claro para mim. Mas eu não queria acreditar que seriam capazes de uma maldade daquelas. Por quê, meu Deus? Era certo que o Beco era odiado pela sua intromissão geográfica. Pobres, favelas, becos, cortiços, cohabs sempre foram relegados aos arredores das cidades, à periferia. Mas daí a...

Não. Eu não queria acreditar. Eu devia estar sonhando. Um empurrão, porém, veio me trazer à realidade. O chão, então, desapareceu a meus pés. Projetado no vazio, desci uma escada da pior forma, aos trancos e pescoções. Estavam me jogando dentro de um porão horrível, sem luz, sem ventilação e cheio de baratas.

MILHARES DE BARBEIROS: É A PRAGA

Aquela madrugada ficou conhecida no Beco do Deus-me--livre como a Noite dos chupanças. Enquanto eu estava preso, sofrendo torturas e todos dormiam, como por encanto, de cada vão de porta, de cada fenda, de cada greta, foram surgindo, primeiro uma, depois outra, depois mais outra pata peluda — o primeiro barbeiro sedento de sangue.

Segundo eu soube depois, o primeiro a dar o alarme foi o Finão. Ele estava dormindo, quando sentiu alguma coisa insignificante, vinda do teto, cair sobre ele. Passou a mão no rosto e, de repente, deu um pulo da cama, pois morria de medo de barata. Acendeu a luz, já pronto para pregar o chinelo na danada. Aí viu que não era barata coisíssima nenhuma, mas sim um bitelo de um chupança. Meteu-lhe uma chinelada, no meio das antenas, enquanto chamava pela mulher. Olhando para cima, notou mais dois ou três, cai-não-cai da viga do teto.

— Martinha, acorda, diabo! — ele começou a gritar, chacoalhando a companheira.

Ao mesmo tempo, os outros moradores também foram dando pela presença dos intrusos.

Deca — frentista em um posto de gasolina, vizinho parede e meia de Finão — acordou com o barulho que havia na casa ao lado.

— Que barulheira é essa aí, xará?

— Chupança, Deca. Um monte deles aqui em casa...

Deca também acendeu a luz e ficou horrorizado.

— Aqui também, xará! Minha nossa!

Na casa de seu Genoca — candidato do Beco a vereador nas últimas eleições que carinhosamente promovemos a senador — a mesma cena.

— Jesus amado! Genoca, acorda, homem de Deus! — sua mulher acordou aos gritos.

Em minutos, dezenas, centenas de barbeiros começaram a invadir cada fresta, cada fenda, cada vão dos casebres, casas e barracos do Beco, causando pânico e desespero.

Na casa de Zé Tem, na de seu Mané e na Travessa Tupi, onde eu moro, a mesma coisa. Na viela Reverendo Laureano, o mesmo drama. No barraco de seu Marquito e no de seu Itamar; enfim o Beco todo se alarmava na madrugada.

No corre-corre, no sai-que-eu-prendo-e-arrebento gerado, era um tal de chinelo pra cá, tamanco pra lá e — vapt! — tome seu desgraçado e — vupt! — olha aquele ali, xará, arrebenta com esse fincão aí, senador, olha um chupança se escafedendo por ali, seu Mané, e dá-lhe seu Itamar, isso seu Licurguinho, capricha nessa sanguessuga aí, gente boa, acerta o passo desse bicho-de-parede, Marquito, vamos liquidar com essa bicharada. . .

Zé Tem e o senador se armaram com umas latas de inseticida da vendinha de seu Licurguinho e saíram esborrifando veneno, que nem água benta, pelos barracos.

Adiantou pouca coisa. Isso só serviu para deixar os barbeiros mais ouriçados, revoando em cima do povão.

— Salvem as crianças! Salvem as crianças! — padre Bernardo ordenava, tentando colocar ordem no desespero.

— Desocupem as casas! Saiam dos barracos! Levem as crianças para a frente da igreja! — exclamava senador Genoca, ajudando a coordenar a retirada, juntamente com seu Licurguinho, seu Itamar e Marquito.

— Deca, seu Mané, me ajudem aqui. . .

— O que foi, Finão?

— Vamos fazer tochas para enfrentar esses chupanças. . .

Rapidamente, todas as casas, casebres e barracos foram esvaziados. Na frente da igrejinha de padre Bernardo, fizeram um círculo bem largo de fogo, colocando as crianças dentro. Era uma maneira de isolá-las do ataque dos barbeiros.

Finão, seu Mané e Deca, munidos de tochas, avançaram casas e barracos adentro, chamuscando portas, janelas, paredes, desalojando centenas de barbeiros escondidos nos vãos e buracos das madeiras.

As labaredas começaram a lamber os barracos, espalhando o terror e o desespero pelo Beco todo.

O inevitável, porém, aconteceu: na confusão gerada, na ânsia de acabar com os barbeiros, as tochas, lambendo portas, janelas e paredes, acabaram por dar início a um incêndio incontrolável.

As labaredas, em questão de minutos, começaram a lamber os barracos, espalhando o terror e o desespero pelo Beco todo. A desgraça só não foi maior porque os barracos e casas já estavam praticamente vazios. Se os moradores do Beco estivessem dormindo, haveria muitas mortes, porque o fogo se alastrou com muita rapidez, encontrando em sua destruição um material muito propício: a madeira seca dos barracos.

Eu — preso no porão de um lugar desconhecido — não podia nem imaginar o que estava acontecendo com minha família, meus manos, com o povo sofrido do Beco.

A SITUAÇÃO AQUI NO FAVELÃO É CRÍTICA

Acordei com o corpo dolorido, sem saber se era dia ou noite. A escuridão era total. Tentei me mexer, mas foi impossível. Sentia muitas dores. O *amizade* e o motorista me bateram pra valer. Dormi mal, tendo pesadelos a noite toda. Sonhei que o Beco estava em chamas, todo mundo correndo, desesperado. Os barbeiros esvoaçavam por todos os lados, atacando quem estivesse ao alcance. A casinha onde morávamos também havia sido engolida pelas chamas, e minha mãe saíra arrastando os manos, sem saber para onde ir.

"Ainda bem que foi só um pesadelo", pensei, tentando ficar de pé, mas o corpo estava muito dolorido. Nunca tinha apanhado tanto na minha vida. Nem quando minha mãe me batia com fio de ferro de passar roupa. Me deram uma surra pra valer, me deixando moído.

Na escuridão, notei que alguém se aproximava, certamente atraído pelo barulho que eu fizera. Senti alguns passos no teto do porão. Quem quer que fosse, estava ouvindo um radinho de pilhas. Demorou o tempo suficiente para eu escutar a voz do Tiririca, do programa policial Larga Lenha, a voz mais ardida ainda no som ruim que saía do radinho. Esse programa era matutino, irradiado às oito da manhã, o que me dava a certeza de que não veria um fio de luz enquanto estivesse ali naquele porão. Estava tudo escuro como quando cheguei.

> "... e ainda há vários barracos ardendo em chamas aqui no Favelão. Por ironia do destino, os próprios moradores colocaram fogo nas casas e barracos, tentando acabar com milhares de barbeiros que vieram parar aqui. Como, ninguém sabe. Poucas casas conseguiram ficar inteiras. A maioria dos barracos foi destruída... Aqui ao nosso lado, temos o senhor Eugênio, conhecido como senador Genoca, presidente da Associação dos Moradores aqui do Favelão. Seu Genoca, conte para os ouvintes do Larga Lenha como tudo aconteceu:
>
> — Seu Tiririca, nós não sabemos como, mas, de repente, apareceu um monte de chupança no Beco todo e..."

A voz era mesmo do senador Genoca. Meu Deus, então não era pesadelo o que eu sonhara?!

Bem longe de onde eu estava, a doutora Rosângela Conceição dirigia-se para seu trabalho, na Faculdade.

> "... e o jeito foi tirar todo mundo pra fora de casa e botar fogo neles — continuava o senador a dizer pelo radinho de pilhas. — Acontece que, na confusão, a madeira de um dos barracos pegou fogo e aí foi a nossa desgraça."

Ao se aproximar da Faculdade, na rua Monte Alegre, a professora viu que, em frente ao prédio, havia muita gente: curiosos e funcionários do Departamento. Pelo som do radinho de pilha, eu pude escutar um outro repórter chamar pelo Tiririca:

> "Tiririca! — Fala quem chamou! — É o Toni. Eu estou aqui na frente do prédio do Departamento de Parasitologia da Faculdade de Medicina, e a professora Rosângela Conceição acaba de chegar. Para os ouvintes que estão acordando agora eu volto a contar a catástrofe que aconteceu na madrugada. Foi daqui da Faculdade de Medicina que roubaram mais de mil barbeiros, soltando-os bem no coração do Fave-

lão. Para acabar com eles, os favelados sem querer botaram fogo nos barracos, iniciando um pavoroso incêndio. A doutora está aqui a meu lado e é ela quem vai falar aos ouvintes do Larga Lenha. Doutora, o que a senhora tem a dizer? *Por enquanto nada. Eu estou sabendo tanto quanto vocês. Confesso que estou muito surpresa. Fiquei sabendo do roubo dos barbeiros pelo rádio, quando eu vinha para cá.* Uma confirmação, doutora: os barbeiros são perigosos? *São perigosíssimos, porque estavam infestados.* A senhora suspeita de alguém? *Bem, eu não posso dizer que suspeito de alguém em particular, mas o mundo universitário não é lá um mar de rosas. . .* A senhora quer dizer que. . . *Quero dizer que tem gente que não queria que eu levasse avante minhas pesquisas, aqui dentro mesmo da Faculdade. Por outro lado, pensar que jogariam estes barbeiros em cima do pessoal do Favelão, seria genocídio tão criminoso como a matança de judeus na Segunda Guerra.*"

Sem que eu soubesse, bem longe dali, na casa do prefeito, a televisão estava ligada. No vídeo, um repórter dava os últimos informes, tendo ao fundo um amontoado do que foram casebres e barracos, ainda fumegando, depois do rescaldo feito pelos bombeiros.

O prefeito parou de tomar café, surpreso com o que via. Mesmo assim, não deixou de soltar um sorriso malicioso.

— O que foi, Antenor? — perguntou sua esposa.

— Fogo no Favelão. Dessa vez eles saem por bem ou por mal. Não tendo onde morar, quero ver se eles vão ou não vão para o Quinta Face. . . Mulher, Ribeirânia vai ser a cidade mais bonita do mundo, sem aquele amontoado de lixo na parte mais nobre. . .

— Credo, marido, até parece que você mandou botar fogo neles!

— Escute — pediu o prefeito, apontando o aparelho de televisão.

"... agora o que restou do Beco do Deus-me-livre, mais conhecido como Favelão, situado entre a Vila Carvalho e o Tanquinho, aqui em Ribeirânia, foi isso que os senhores estão vendo: tudo destruído. Seu Eugê-

> nio — ex-candidato a vereador nas últimas eleições e presidente da Associação dos Moradores — vai contar para os telespectadores como tudo começou. . ."

— Eu vou para lá, mulher. Ligue-me com a Prefeitura — disse ele, levantando-se.

Já vestido e barbeado, ele apareceu novamente na sala.

> "A situação aqui no Favelão é crítica. Os moradores estão precisando de roupas, alimentos e remédios. Nelson Araújo, para o Bom-Dia, Ribeirânia."

Desligando o aparelho de televisão, o prefeito pegou o telefone que a mulher lhe passava.

— Alô! Zeca, é o prefeito que está falando. Mande o meu motorista me pegar aqui em casa. Eu vou lá para o Favelão. Telefone pro Bila, o meu assessor de imprensa. Fale pro motorista pegá-lo, antes de vir. . .

No caminho, muito provavelmente o prefeito deveria estar contente, arquitetando mil planos.

— Dessa vez, Bila, a minha avenida sai. Com o Favelão desimpedido, desengarrafo o centro de uma vez por todas. Não vai ser preciso nem esquentar a cabeça com desapropriação. A Prefeitura não teria mesmo tanto dinheiro para tirar todo mundo de lá. Do jeito que está, eu jogo aquele povão no Quinta Face e a minha candidatura a deputado fica livre e desimpedida. . .

Não demorou muito, pelo radinho de pilhas do vigia, eu tinha notícias de que a imprensa se reunia diante da igreja de padre Bernardo, para uma entrevista coletiva com o senhor prefeito. O que eu imaginava, acontecia.

> "Senhores, eu os reuni aqui para declarar estado de calamidade pública. Não vou dormir, não vou descansar minha cabeça no travesseiro, enquanto não vir cada morador do Deus-me-livre abrigado, com um teto para se proteger. Como prefeito, minha missão é proteger os munícipes e não descansarei enquanto não os vir protegidos. Este local tem se mostrado perigoso para a saúde de todos. Como posso dormir sossegado, sabendo que, volta e meia, os moradores daqui vivem à mercê da sujeira, da promiscuidade, convivendo com

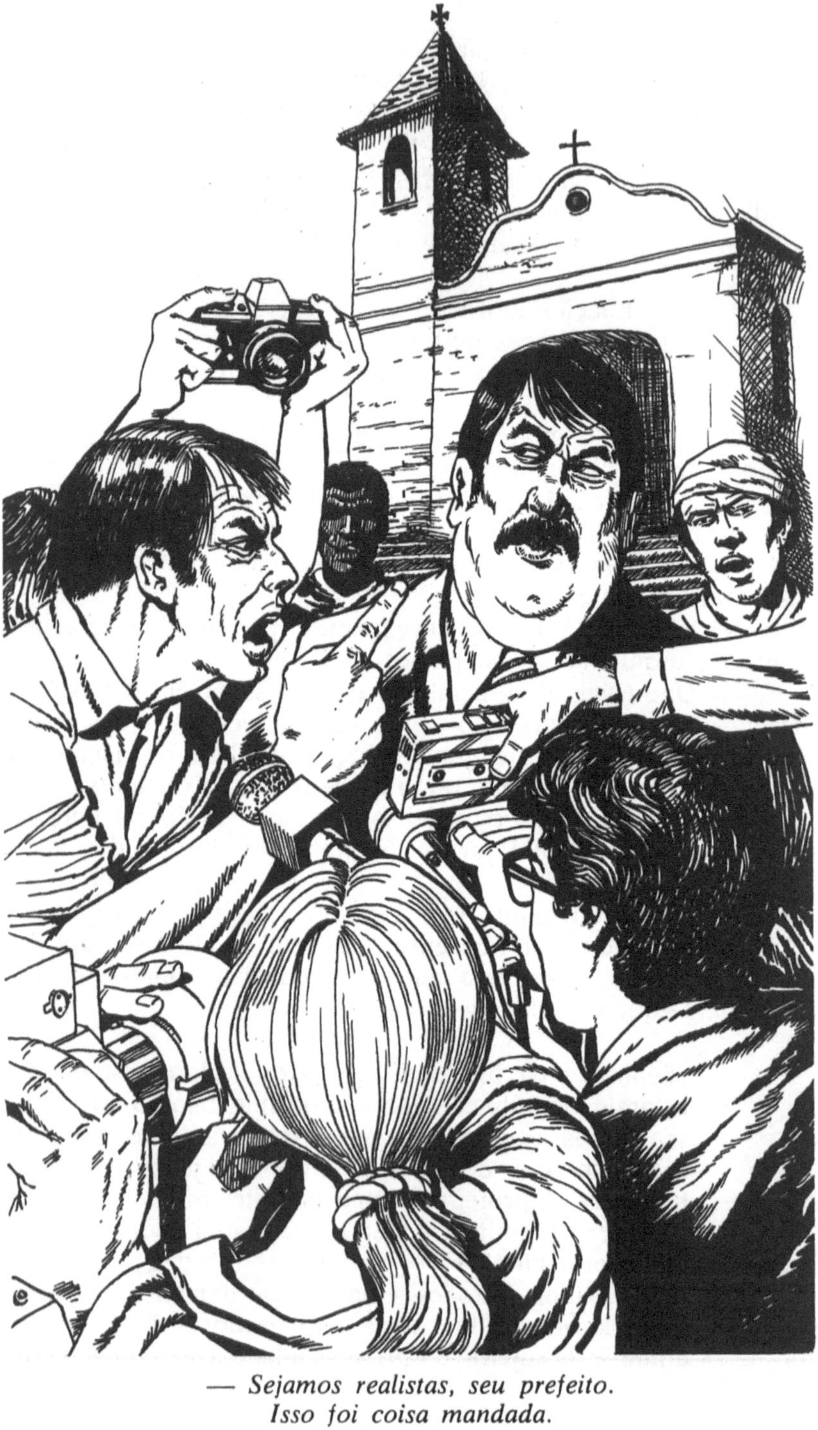

— Sejamos realistas, seu prefeito.
Isso foi coisa mandada.

ratos, expostos às inundações frequentes e, agora, mais essa de barbeiros e incêndios? Não, não e não. Já dei ordens para que todos sejam imediatamente transferidos para o Quinta Face. Lá terão casas da Cohab, terão um abrigo, um teto. Já mandei os caminhões da Prefeitura para a mudança. Dessa maneira, o problema do povo estará resolvido. Com isso, poderemos também resolver o problema do trânsito nesta área, desengarrafando a morosidade do escoamento do tráfego através de uma via expressa. . ."

"Nada disso, seu prefeito — escutei a voz firme do senador Genoca interromper o prefeito —, a gente não abandona o Beco. Essa praga dos chupanças parece coisa mandada, como foi mandada a invasão dos ratos, as enchentes, a morte de seu Afonso, como têm sido todas as desgraças que acontecem por aqui. Ninguém vai arredar pé daqui não. . ."

"Mas como não, seu Eugênio? Nenhum barraco ficou de pé, as casas estão semidestruídas. . . Sejamos realistas. . ."

"Sejamos realistas, seu prefeito. Isso foi coisa mandada. A gente não arreda pé do Beco, seus repórter. Nós tamos precisando de barracas, de cobertor e de alimentos. Se os repórter quiser ajudar, como ajudaram o povo do Nordeste, nós agradecemos, mas não vamos embora. . ."

SE VIRAR PARA TRÁS, AMIZADE, EU TE APAGO

Quanto tempo fiquei preso, eu não sei dizer. O porão era bem calafetado, bem escuro. Quando consegui me mexer, procurei tatear as paredes, buscando um lugar, uma janela, uma saída. Em vão. Parecia terem feito um buraco no chão e só. Do lado de fora, não chegava nenhum som, a não ser quando alguém se aproximava bem do alçapão, o que era muito raro. Quando o vigia percebeu que eu poderia escutar o som do radinho, não o ligou mais nas proximidades.

As refeições que me davam eram também raras e em horários bem diferentes, para que eu perdesse completamente a noção do tempo. Às vezes, eu nem bem acabava de comer, já vinham com outro prato, dizendo ser a janta. Para quem não via luz nenhuma, tanto fazia ser janta ou almoço. E depois, era sempre o mesmo prato frio: uma sopa rala, onde boiavam dois ou três solitários grãos de feijão.

Um dia, fui acordado com o facho de uma lanterna ferindo meus olhos. Levantei assustado, com medo de que me batessem mais.

— Não me bate mais, moço! Pelo amor de Deus! — gritei.

— Quem falou em bater, amizade? Senta logo, vamos! Toma a caneta. Assina este papel aqui...

Quis ver o rosto do *amizade*, mas foi impossível. A luz da lanterna me cegava os olhos. Desacostumado com qualquer tipo de luz, sentia os olhos irritados. Mal pude olhar para o papel em branco que ele me estendia. Nele, apenas o meu nome datilografado no pé da folha.

— O que vocês vão fazer com isso?

— Eu mandei assinar, não faz pergunta...

Como já experimentara a violência daquele brutamontes, obedeci. Sabia que iriam usar isso contra mim, mas o que fazer?

— É isso aí, garotão! É bom obedecer sempre...

Depois de muito tempo — calculo uns dois ou três dias depois que o *amizade* me fez assinar o papel — fui acordado com o barulho do alçapão se abrindo e, desta vez, não era a sopa rala de sempre.

— Vamos lá, garotão! Pra fora...

Procurei obedecer, mas não conseguia parar em pé. Minhas pernas não obedeciam. Estava sem andar fazia muito tempo e isso me atrapalhava a subida dos degraus da escada baixada até o porão.

— Ande, pamonha! — uma voz conhecida me censurava. Era o motorista da Kombi.

Temendo pela minha sorte, subi as escadas de gatinhas. Em pé, eu cairia.

Quando, com muita dificuldade, consegui sair do porão, outro personagem estava à minha espera.

— Ande logo, seu fedelho! — o chefão de voz rouca e nervosa também me aguardava.

Era noite e noite escura. Não dava para ver o rosto dos três. Estávamos envolvidos por uma penumbra e eu comecei a temer pela minha vida.

— Tratem de botar a venda nele, seus palermas! Por mim, eu fazia a pele dele agora mesmo. Mas o doutor tem outra ideia. Diz que é até bom ele ser solto. Os do Favelão se encarregam dele. Soltem ele em algum lugar bem longe. E tem uma coisa, seu fedelho — ele disse para mim, meus olhos já vendados —, abriu o bico, morre como um passarinho, tá entendendo?

Fui arrastado até a Kombi. Com um safanão, me jogaram lá dentro. Como fizeram na ida, igualmente no retorno: deram muitas voltas antes de me abandonarem em uma ruazinha do centro da cidade.

— É isso aí, garotão! Vamos para a frente do furgão. Eu vou tirar a sua venda e você vai andando em frente. Se virar para trás, amizade, eu te apago...

Obedeci. Estava ainda meio entrevado para andar, mas obedeci. Não olhei para trás, pois não duvidava do que o *amizade* dizia e ainda o farol da Kombi estava com luz alta e isso só iria ferir os meus olhos, desacostumados com a claridade.

Enquanto eu andava em frente, rezando para eles não mudarem de ideia, a Kombi deu marcha a ré e sumiu na primeira esquina, deixando-me sem saber onde eu estava.

TINHO, UM TRAIDOR

Aos poucos, fui desentrevando as pernas, os passos foram ganhando firmeza. Comecei a andar por ali, tentando me localizar. Logo estava em uma praça. Compreendi que era a praça Sete de Setembro. Estranhei ver as pessoas andando por ali: casais de namorados pelos bancos da praça, crianças correndo felizes. Estranhei o mundo ficar alheio ao que estava se passando comigo. Fiquei surpreso ao ver que o mundo continuava a sua marcha apesar do meu sofrimento, apesar do sofrimento dos moradores do Beco.

Senti fome, mas não tinha nenhum dinheiro no bolso. Uma ideia, então, passou pela minha cabeça. "Mas por que não pensei nisso antes?", disse a mim mesmo. A praça Sete de Setembro não ficava muito longe do Cônego Musa Motta, meu colégio. E estava quase na hora do intervalo.

Quando o Valdir me viu, ficou espantado.

— Tinho, o que aconteceu contigo?!

Roberto, que ia saindo pelo portão, também veio conversar. Ainda bem que os alunos do Musa Motta podiam sair à rua na hora do intervalo, senão eu estava frito.

— O que foi que houve, Tinho? Você andou sumido e aparece de repente, pô! Você não tem medo da polícia?

— Polícia? Que história é essa, Roberto?

— Ora, vai me dizer que você não sabe que a polícia está te procurando? — falou Valdir, me amedrontando.

— Que história é essa, gente? — perguntei, surpreso e nervoso, a cabeça rodando um pouco.

— Você ainda tem o recorte do jornal da semana passada aí, Valdir?

— Tá lá na minha bolsa, Roberto. Eu vou buscar...

— Mas não espalha que o Tinho está aqui... Chama só o Veio, que é da patota...

— Me conte logo esta história de estarem me procurando, Roberto.

— Ó bicho, eu vou levar em conta a nossa velha amizade. Se você fosse outro, eu nem conversava, tá legal?

— Tá, tá... Mas por que eu tô sendo procurado?

— Seguinte: os tiras sabem que você ajudou a roubar os barbeiros e que ajudou a infestar o Beco com eles... Você precisava fazer isso, Tinho? Trair o teu povo, teus irmãos, a tua gente?

— É mentira, Roberto. Quem falou isso? — eu quase chorava.

Nisso, ia chegando o Carolli.

— Pô, Tinho, eu esperava isso de todo mundo, menos de você, mermão!

— Vão parando com esse negócio, tá legal, Veio? Eu tô limpo nessa!

— Como limpo, se tá tudo aqui, ó? — e Carolli me passou o recorte que Valdir segurava na mão.

Não acreditava no que meus olhos liam: a notícia dizia que eu ajudara a roubar e a infestar o Favelão de barbeiros perigosíssimos. Me apontavam até como autor intelectual do crime.

PIVETE DESOVA MILHARES DE BARBEIROS NO FAVELÃO

Na madrugada passada, os habitantes do Favelão, como é conhecido o Beco do Deus-me-livre, terrenos devolutos, situados quase no centro da cidade de Ribeirânia, foram acordados pelas picadas mortíferas de milhares de barbeiros contaminados.

A nuvem de barbeiros, segundo as autoridades puderam comprovar, não foi um fenômeno natural, mas um crime planejado e executado com a frieza de um assassino calculista, já que é sabido que os barbeiros foram antecipadamente roubados do Departamento de Parasitologia da Faculdade de Medicina.

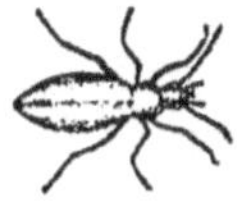

Morador do Favelão, um dos culpados

As suspeitas recaem todas sobre o menor W. S., vulgo "Tinho", que, em companhia de desconhecidos, teria "desovado" os barbeiros sobre o Favelão. As suspeitas tornam-se evidentes a partir das impressões digitais do menor, deixadas na sala de onde os barbeiros foram roubados. Moradores do Favelão confirmam o fato, tendo visto Tinho entrar em uma Kombi, tipo furgão, instantes depois do roubo. O curioso é que o menor, semanas antes, já havia estado no local, segundo depoimento da doutora Rosângela Conceição, do Departamento de Parasitologia.

O menor continua foragido. Maiores detalhes na página 10.

As provas eram fartas. Dias antes, eu havia estado no Departamento de Parasitologia. A diretora do Cônego Musa Motta e a doutora Rosângela Conceição confirmavam isso. Segundo a doutora, além de sabotarem sua pesquisa, ainda usaram os barbeiros para um crime sórdido como esse praticado contra os moradores do Favelão. Depois, minhas impressões digitais estavam pela sala toda: na janela, nos armários, na porta, em todos os lugares. Havia também o depoimento de Pedro e seu Odair, dois homens fora de suspeitas.

— Tudo mentira, gente. Eu estive lá, sim, mas você e o Roberto também estiveram, lembra-se, Veio? Além disso, a Cris Biasoli e a Cláudia Leonel também foram, tá lembrado?

— Só que, naquela noite, na noite dos barbeiros, a gente ficou conversando até tarde, mas depois nós fomos para casa e você foi lá no Departamento da Faculdade, não foi?

— Não, não fui. Eu. . .

— Então foi milagre. . .

— Que milagre?

— As impressões digitais terem aparecido lá dentro da sala dos barbeiros.

— Você não me deixou terminar. Eu ia para casa. Aí eu vi alguém pulando a janela. Fui atrás e...

— E aí você achou que era o Super-homem e — vumpt! — bateu os pés no chão, depois de ter dado um pique incrível, saltando para o parapeito da janela, não é mesmo?

— Como você sabe?

— Ora, Tinho, essa história já é manjada. É do tempo em que a gente brincava de mocinho, pô!

— Por favor, deixem-me terminar — pedi, sabendo que não adiantaria contar o resto. — Lá dentro tinha alguém roubando os barbeiros. Quando a gente ia saindo, eu na frente e ele atrás com um berro tresoitão deste tamanho, o Pedro e o seu Odair lá do Beco iam passando e me viram. Depois eles me levaram para um porão e eu fiquei preso até agora...

— Tinho — disse Valdir, sorrindo descrença —, acho que você anda lendo muito gibi do Super-homem. Tá difícil de acreditar, entende? Alguns dizem que viram você espalhando barbeiros naquela madrugada mesmo, junto com os ladrões...

— Quem viu?

— Viram. Sei lá quem... Sei que viram...

— E vocês? — perguntei, querendo saber o que pensavam de mim.

— Adianta alguma coisa a gente acreditar em você ou não?

— Para mim adianta, Roberto.

— Tá legal, eu acredito — os três disseram ao mesmo tempo, falando mais por falar.

— Pô, eu tô mesmo azarado. Acabo de apanhar dos meus sequestradores, a polícia está à minha procura e meus amigos do peito não acreditam em mim...

— Você parece que está com fome, acertei? — Carolli me perguntou.

— O que você acha, Veio? — respondi mal-humorado, com a desconfiança deles. — Só comi sopa rala até agora...

— Duas semanas comendo só sopa rala, mermão?

— Duas semanas? — fiz cara de espanto, certo de que estavam brincando comigo.

— Não se faça de besta, vai! Ou você não sabe que faz duas semanas que você desapareceu...

— Eu perdi completamente a noção do tempo, Veio. Sei que vocês não acreditam, mas eu fiquei este tempo todo em um porão. Me soltaram hoje...

Penalizado com o meu estado, Carolli propôs a melhor coisa do mundo:

— Vamos até o bar da esquina. Ainda temos mais uns dez minutos até bater o sinal de entrada. Eu vou te pagar um sanduíche reforçado e uma coca.

Fomos.

— Não entre não — ordenou Carolli. — O dono do bar pode te reconhecer e telefonar para a polícia. Espere aqui.

Comi o sanduíche com vontade, abocanhando mais do que mordendo.

— Mermão! Que fome, hein? — Carolli começava a acreditar em minha história.

Depois que acabei de comer o segundo sanduíche que ele foi buscar, o sinal da escola bateu.

— Eu vou indo, Tinho! Vê se te cuida, tá? Não sei o que posso fazer por você, mas ficar por aí é um perigo.

— Vou para casa — eu disse.

— Casa? Lá no Favelão tá tudo no chão. Todo mundo tá morando em barracas...

Aquilo me doeu por dentro. Sem casa para me esconder, sem um lugar sequer... Mas se havia um lugar para ir, mesmo correndo o risco de ser preso, esse lugar era o Beco, ou o que havia restado dele.

— Preciso tentar conversar com o pessoal de lá, Veio. Explicar o que houve, entende?

— Tá legal. Vai fundo. Te cuida, mermão. Deixa eu ir. O sinal já bateu.

TINHO RECEBE UM PRÊMIO

Mesmo protegido pelas sombras da noite, eu caminhava com medo. Saber que eu estava sendo procurado pela polícia, deixava-me assustado. Nunca devera nada para ninguém, nunca roubara, nunca assaltara e agora era procurado como um cão danado.

Pela conversa que eu tivera com o Valdir, o Roberto e o Carolli, percebi que ninguém acreditaria em mim. As provas estavam bem claras. Eu estava bem arrumado: as fotos nos jornais, provavelmente na televisão também, todo mundo comentando que no Favelão só tem mesmo marginais, desocupados, trombadinhas... Trombadinha! Há duas semanas, então, eu deixara de ser o excelente menor estagiário do Banco do Brasil, o bom filho, para me transformar em um trombadinha, com direito a uma cela forte na Febem!

A vontade que eu tive foi de gritar bem forte que eu não era nada daquilo. Que havia um engano em tudo isso, que não era verdade, não era verdade, não era...

Adiantaria? Àquela altura, seu Baraldi já devia ter colocado outro menor estagiário no meu lugar. E eu já imaginava o Adílson, o Vilmar, o Altair, a patota toda dos menores me tomando como sinônimo de mau elemento.

Pensando em tudo isso, na desgraça que tinha acontecido comigo só porque eu me metera a galã de cinema, julgando ser o Super-homem ao pular aquela janela, senti que eu estava chorando sem querer. Lembrei-me do meu velho pai me dando conselhos quando ele foi em cana, na greve que fizeram na fábrica, eu querendo chorar na hora que o levaram, mas me aguentando, desesperado, pedindo pros tiras não o levarem.

— Filho — ele me disse com as mãos algemadas —, não segura não. Pode chorar. Homem que é homem...

— Homem que é homem não chora, né, pai? — eu ainda disse, antes dele entrar no camburão.

— Chora sim, filho. Homem que é homem tem sentimentos. Não é de pedra, frio, seco como chão esturricado. Homem que é homem chora, sim...

Andando devagar, eu ia chorando de mansinho, como se meu pai estivesse comigo, as mãos no meu ombro, me envolvendo, como ele gostava de andar quando a gente estava junto. E parecia ouvir a voz dele, um sopro nos meus ouvidos... "Chora, filho! Homem que é homem chora, e muito, diante das injustiças, dos malfeitos, das danações do mundo..."

Na esquina, gelei. Uma viatura vinha passando bem devagarinho, em ritmo de patrulhamento. Aguentei firme, sem correr. Seria pior. Ia dar na vista. Graças a Deus, os soldados não me perceberam. Quando o susto passou, tratei de andar depressa.

Ao chegar ao Beco, não aguentei ver aquela cena de cortar o coração: barracos no chão, quase nada em pé. Era como se algum tufão tivesse passado por ali, derrubando tudo. Algumas casas estavam em pé, mas os barracos tinham sido totalmente destruídos. A igreja do padre Bernardo, a vendinha de seu Licurguinho e mais algumas casas eram as únicas sentinelas inteiras, as únicas testemunhas do incêndio.

Não procurei por minha mãe e nem pelos manos. Fui direto para a vendinha.

— Olhem só quem está aqui, turma! É o traidor do Beco em pessoa... — Pedrão, que estava à porta, gritou lá para dentro.

Eu já esperava por aquilo. Se o Roberto, o Valdir e o Carolli que eram meus amigos não acreditaram em mim, o que dizer do Pedrão, um sujeito que não simpatizava comigo?

Mas duro mesmo foi, logo depois, sentir essa mesma descrença no rosto e nos gestos de todos: Finão e Zé Tem, que jogavam bilhar, pararam e me olharam com frieza, sem fazer festa como era do costume deles, quando me encontravam.

No balcão, Deca e seu Itamar pararam de conversar, sem nem me olhar. Nas mesas de jogo, a mesma coisa: todos fazendo silêncio, evitando o criminoso que acabara de entrar.

Finão foi o primeiro a puxar a fila. Depositando, com desdém, o taco sobre o pano verde, tomou o rumo da rua. Zé Tem o seguiu. Seu Itamar já ia saindo também, quando pedi para que ficassem.

— Gente, eu acabo de ser libertado. Eu tava preso durante todo esse tempo. Quem infestou o Beco com os barbeiros me prendeu até agora... Eu não tenho culpa de nada...

Seu Licurguinho foi o único que se mexeu. Foi até a Galeria dos Indesejados e tirou um quadro da parede. Sem falar nada, com desprezo, me empurrou o que trazia nas mãos.

Era um recibo onde eu declarava ter recebido uma bolada para trair os moradores do Beco. E a prova estava ali, na minha assinatura.

Quando olhei em volta, vi que todos saíam. Seu Licurguinho recolheu o quadro e o colocou no lugar de onde saíra, ao lado de Boca Torta, Ademarzão, Taturana e Malufim.

Aquele era o código de honra do Beco. Ser incluído na Galeria dos Indesejados era o mesmo que já estar condenado. Com Taturana, Boca Torta, Ademarzão e Malufim acontecera o mesmo. Ali estava o retrato e a notícia de jornal que os condenava como larápios, ladrões, trombadinhas que o Beco rejeitava como se rejeita um cão danado. E a folha em branco que eu assinara no porão também estava ali, só que preenchida

— Gente, eu tava preso até agora.
Eu não tenho culpa de nada . . .

de forma mentirosa, me culpando. Eu acabava de ser premiado como um dos indesejados do Beco. Mas que prêmio, meu Deus!

Condenado pelos que deveriam me apoiar, nada me restava senão ir embora. E a lei do Beco, uma vez incluído na Galeria dos Indesejados, não admitia revisão de processo, comutação da pena. Eu sabia disso. Sabia que nem minha mãe me receberia. A única herança que meu pai deixara, ela sempre dizia, era a honestidade, e eu tinha sido desonesto.

O difícil era saber para onde ir. Ficar pelas ruas era arriscado. Eu poderia ser preso e de prisão eu já estava cheio.

Saindo da vendinha, eu ia andando sem destino, quando alguém, resmungando, me chamou, interrompendo minha caminhada sem destino.

— Hei, seu fujão! Para onde você vai? Pro inferno?

Era padre Bernardo, com seu jeito despachado.

Não respondi. Continuei a caminhar.

— Quer deixar de ser mal-educado, seu moleque? Foi isso que eu ensinei a você nesses anos todos? Foi isso? — ele insistiu, aproximando-se, pegando-me pelo braço.

— Eles me condenaram, padre — eu disse, apontando a vendinha, os olhos cheios de lágrimas.

— Eu sei, Tinho. Eu vi o quadro dependurado lá. Mas quer saber de uma coisa?

— O quê? — eu disse, fungando baixinho.

— Não acredito naquilo lá não. Prefiro acreditar em você. Afinal, eu o batizei, ensinei o catecismo, confessei-lhe pela primeira vez e dei-lhe a primeira comunhão. Eu o conheço bem para saber que você está inocente.

Padre Bernardo olhou-me com carinho e, enquanto me abraçava, perguntou:

— Para onde você estava indo?

— Por aí — eu disse, limpando o nariz, que escorria, com a manga da camisa.

— Vamos lá para casa. Nestas horas é que a gente precisa de Deus.

— Mas, eles. . .

— Eles o condenaram, mas Cristo não. Cristo perdoou até Pedro, que o traiu três vezes, não iria perdoar um safado como você? — disse ele, armando um sorriso despachado. — Vamos embora, seu moleque — ele me bateu nos ombros, convidando.

— O importante agora, Tinho, é provar que você é inocente. É preciso achar um jeito de provar a verdade... Me conte tudo o que aconteceu...

Quando chegamos à igreja, ele sentou-se no primeiro degrau do altar, enquanto eu me sentei no primeiro banco, defronte dele.

Ao escutar minha história, ele ficou na posição que sempre assumia quando estava pensando alguma coisa: a cabeça apoiada sobre as mãos entrelaçadas, os indicadores em ponta, segurando a base do nariz, os dedões servindo de apoio ao queixo.

— Uma história bonita, meu caro. Até parece novela de televisão. Só que esta novela é em branco e preto e está muito complicada.

Desmanchando o ar pensativo, padre Bernardo teve uma atitude bem prática, própria dele.

— Façamos o seguinte, seu moleque! Hoje você vai dormir aqui na igreja. Amanhã cedo eu vou arrumar um lugar para você ficar. Até conseguirmos provar a sua inocência e passarmos ao capítulo seguinte, o melhor é você estar entre pessoas amigas.

Desiludido como eu estava, sem nenhuma esperança de provar minha inocência, abandonado pelas pessoas que poderiam ter me apoiado, ter me dado um conforto, eu não tinha mesmo para onde ir. Ali na igreja, eu me sentia protegido. Sabia que ninguém da polícia iria pensar em me procurar ali e isso me confortava.

Enquanto padre Bernardo tentava me acomodar, fiquei olhando em volta. Ali, sentado no banco da frente, sozinho, a pequena igreja me parecia enorme, monstruosa, muito grande. Era bem diferente aos domingos, quando o pessoal todo do Beco se reunia para a missa.

— Tinho, me ajude com esse colchão, vamos! Eu não tenho mais idade para ficar carregando peso. Depressa, moleza! — padre Bernardo resmungava, tirando-me da divagação em que me encontrava.

— Desculpe, padre! Mas por que o senhor não me chamou antes?

— Na magreza que você está, só ia me atrapalhar... Isso, assim está bom. Agora, enquanto eu estico o lençol, trate de tomar um bom banho, porque você está mais fedido que pau de galinheiro. E lave bem estas orelhas — disse ele, eu já no banheiro. — Não quero ver uma sujeirinha em você.

Quando saí do banho, ele já estava deitado. Desejou-me boa noite, lá do seu quarto, perto da sacristia. Que eu não temesse. Eu iria dormir perto do altar, próximo aos bancos. Que eu dormisse com os anjos.

Ou os anjos estavam de férias ou então se espantaram com o ronco de padre Bernardo, porque eu não consegui pregar os olhos uma boa parte da noite. Padre Bernardo roncava de todo o jeito e qualidade a que tinha direito: em si bemol, em fá sustenido, em dó maior...

COROINHA? ATÉ PAPA SE FOSSE PRECISO...

Quando acordei, pela manhã, ele estava de joelhos diante do altar, a cabeça baixa, certamente rezando por mim. Não era preciso nem perguntar.

Era isso que eu amava nele. Ao mesmo tempo que resmungava e me tratava rispidamente, como se eu ainda fosse o garotinho que batizara e vira crescer, ele se preocupava comigo, aceitando — mesmo sabendo que seria difícil acreditar — a minha história.

— Venha cá, Tinho — disse ele, sem se virar. — Ajoelhe-se. Vamos conversar com Deus.

Ajoelhei-me e ele perguntou:

— Dormiu bem?

— Otimamente — menti.

— Sabia que é pecado mentir, seu moleque?

— Bem... não foi lá essas maravilhas, mas...

— Você falou muito à noite, sabia? Falou em polícia, em barbeiros, em incêndio... Depois você conseguiu dormir um sono profundo. Eu estava preocupado. Eu ronco um pouco, sabia?

"Um pouco?", pensei, sem expressar minha opinião. Se aquilo era roncar um pouco, imaginem o que seria se ele resolvesse roncar pra valer!

— Agora — disse padre Bernardo, levantando-se —, enquanto eu me paramento para rezar a missa, lave o rosto e escove os dentes. Você vai ser meu coroinha.

Ao voltar do banheiro, de cabelos penteados, dentes escovados, rosto lavado, enfim um pouco de civilização na minha fisionomia, padre Bernardo já estava no altar, pronto para a missa. Nos bancos, uma meia dúzia de senhoras.

— Hoje, quem vai me ajudar a rezar a missa é o Tinho — ele apresentou-me assim à assembleia. — Todos nós sabemos que ele está sendo condenado pelo roubo dos barbeiros. Ontem, ele me procurou e me contou que é inocente. Acho que nós não temos o direito de crucificar quem é inocente. Julgar o Tinho é o mesmo que fizeram com Cristo. . .

Depois da leitura do Evangelho, padre Bernardo me chamou.

— Agora eu gostaria que o Tinho contasse todo o seu infortúnio, toda a sua caminhada cheia de espinhos.

Na hora da comunhão, as mulheres em fila para receber a hóstia consagrada, o Cristo vivo, noto uma senhora muito conhecida entre as outras — minha mãe!

Antes do abraço apertado, do choro incontido, do soluço sentido, houve aquele momento de dúvida, de incerteza, de será-que-ela-acredita-em-mim?

Quando ela se aproximou o bastante para não mais desviarmos os olhos, para não haver mais desculpas, um tendo que encarar o outro, a patena tremia em minhas mãos.

Padre Bernardo pediu à dona Martinha, mulher do Finão, que me substituísse. Livre do compromisso de segurar a patena, lancei-me aos braços da velha dona Jacinta. Que abraço gostoso ela me deu, antes de falar qualquer coisa. E falar não era preciso. Ela me conhecia desde o tempo em que eu não era gente, conhecia minhas manias, meu jeito de ser; sabia quando eu mentia, quando eu falava a verdade, quando eu estava sendo honesto.

— Filho, por que você não foi me procurar? — disse ela, a voz firme, segura, voz de quem já sofrera o suficiente para não se emocionar com facilidade. — Padre Bernardo foi me avisar hoje cedinho que você estava aqui. . .

— Quanto menos ficar aqui, melhor, mãe. Ninguém acredita na minha inocência aqui no Beco. A polícia também está me procurando. Eu não sei como sair dessa, mãe!

— Confie no padre Bernardo, filho! Ele me disse que vai te ajudar.

— Eu sei disso, mãe!

— A verdadeira comunhão — padre Bernardo veio nos abraçar, dirigindo-se à assembleia de agora uma dúzia de senhoras — é a comunhão do Amor. E aqui temos o exemplo concreto disso. Quando mãe e filho se abraçam em reconciliação é porque o mundo está salvo. O mundo sempre estará salvo quando houver estes gestos de carinho, de afeto, de compreensão...

Depois da missa, padre Bernardo — já sem os paramentos, envergando sua velha e surrada batina — deu-me alguns minutos para me despedir de minha mãe.

— Diga bom dia à sua mãe, enquanto eu o espero lá fora.

Não demorou muito, ele já resmungava:

— Tinho, anda logo, seu moleque! Eu disse para você dizer bom dia. Ombro de mãe não é o Muro das Lamentações.

— Vai, filho! Padre Bernardo tá chamando. Eu fico rezando por você...

— Mãe, antes de ir, só mais uma coisa. A senhora também duvida de mim?

— Duvido não, filho. Você é filho de Afonso, o homem mais honesto que já conheci. A honestidade é o seu escudo. Vai, filho...

— Me ajude aqui, vamos! — padre Bernardo ordenou, assim que apareci à porta. E empurrando sua velha moto, ele continuou: — Enxugue o rosto e me ajude. Eu vou levá-lo ao Santa Inês, conhece?

Confirmei com a cabeça, enxugando as lágrimas, que ainda insistiam em rolar pelo meu rosto.

— Falarei com a irmã Valentina, a diretora de lá, e tenho certeza que ela vai acolhê-lo por uns dias, até a gente resolver o que fazer.

A moto não pegava. Por mais que empurrássemos, não ia. Também, desde que eu me conhecia por gente que padre Bernardo tinha aquela Jawa, motocicleta mais velha que o Antigo Testamento. Diziam no Beco, em tom de gozação, que, quando Adão foi expulso do Paraíso, ele saiu de lá pilotando a Jawa do padre Bernardo...

— O senhor está precisando trocar de moto, padre! — sugeri, depois de ficar suado de tanto tentar dar a partida.

— Já pensei sim — ele respondeu nervoso. — Até tem uns engraçadinhos que dizem que ela é mais velha que o Antigo Testamento, mas eu não me importo — retrucou, adivinhando meu pensamento. — É a condução que Deus me deu para me locomover...

"O senhor anda brigado com Deus, de mal dele?" — eu ia perguntar, mas me arrependi na hora, sabendo que o momento não era oportuno para brincadeiras.

— Se nos pararem, pedindo documentos ou qualquer coisa assim, o que eu duvido, estamos indo dar a Unção dos Enfermos a um doente, certo? — padre Bernardo instruiu-me logo que a Jawa pegou, soltando fumaça por todos os buracos. — E você é o meu coroinha, certo? Não estamos mentindo — emendou, diante do meu mutismo, querendo justificar-se. — Eu vou mesmo dar a Unção dos Enfermos a um idoso, e você é meu coroinha, não é? Tá certo que você anda meio relaxado, não aparecendo mais na missa aos domingos com tanta frequência. Depois que começou a sair uns fiapos no seu rosto, você já se acha autossuficiente, não precisando mais de Deus, mas eu ainda o considero meu coroinha, certo?

Certo, lógico que estava certo. E eu tinha escolha? Naquela hora, eu seria coroinha, diácono, padre, vigário, bispo, arcebispo, cônego, monsenhor, cardeal e até papa, se precisasse.

Chegar ao Santa Inês não foi difícil. A Jawa comportou-se direitinho, sem dar vexames.

Irmã Valentina nos recebeu com um sorriso nos lábios. Há tempos eu não via alguém sorrir tão santamente. Segurando a mão que estendi em cumprimento com suas duas mãos, transmitindo um calor humano muito grande, ela me perguntou:

— Como vai, meu anjo?

— Bem! — respondi, sumido, sem jeito.

— Mas vamos sentar, padre Bernardo. Faz tempo que o senhor não nos visita. . .

— Correndo atrás das minhas ovelhas, irmã. As minhas são ovelhas desgarradas, que vivem arrombando o redil, a senhora sabe disso.

Rapidamente, padre Bernardo expôs o meu caso.

— Mas não há problema algum. Você fica com a gente o tempo que quiser, meu anjo — disse ela, olhando para mim, sorrindo sempre, sem fazer perguntas, sem colocar mas nem meio mas. — A nossa casa é a casa dos que precisam de abrigo, de proteção. . .

Aquilo me deixava desarmado. Eu já estava até conformado em ter que contar minha história de novo, jurando ino-

Montados numa velha moto Jawa, padre Bernardo e Tinho dirigiram-se para o Santa Inês.

cência de pés juntos. Em vez disso, a irmã já me dizia, de jeito descomplicado, prático:

— Vou preparar um quarto para você no andar de cima. Você será nosso hóspede.

Puxa, como era grande aquele colégio! Quem conhece o Santa Inês sabe do que estou falando: corredores imensos, pátios enormes, uma construção sólida, desses prédios do tempo em que não havia economia de espaço e de material.

O quarto que irmã Valentina me indicou também não fugia à regra. Acostumado a dormir em um quarto pequeno, estreito, tendo sempre que dividir a cama com um mano mais novo, eu achava esquisito o imenso quarto que ela reservava para mim. As janelas eram altas, a cama estreita mas bem macia para acolher o meu corpo cansado de tanto apanhar.

Aquele dia me pareceu o mais longo dos dias. As horas não passavam. Do jeito que me sentei na cama, fiquei. Fiquei pensando no que havia me acontecido, em como eu poderia me safar daquela confusão em que me metera.

Devo ter ficado muito tempo naquela posição, distraído. Quando irmã Valentina veio me chamar para o almoço, encontrou-me sentado na cabeceira da cama, do mesmo jeito que havia me deixado pela manhã.

— Ora, ora! — a irmã repreendeu-me com um sorriso que até hoje não esqueço. — Ainda aí, amuadinho? Vamos almoçar, vamos...

— Irmã, eu não tenho fome. Por favor, me deixe sozinho...

— Façamos o seguinte: eu trago seu prato e você, se quiser, pode comer, sim?

Devia ser meio-dia, mais ou menos. O colégio, que até então estava barulhento, por causa dos alunos, agora era um silêncio.

— Eu sinto que estou incomodando, irmã...

— Não senhor. Não é incômodo nenhum. Se fosse, eu teria falado. Não se preocupe. Agora eu vou deixá-lo à vontade.

À tarde, ela voltou para ver como eu estava.

— Mas você não comeu quase nada, meu anjo?

— Eu não tenho fome, irmã.

— Ora, ora!...

A POLÍCIA APARECE E TINHO VAI PRESO

Embora eu estivesse protegido naquele quarto, naquele colégio, com toda a gentileza de irmã Valentina, eu não me sentia bem. Assim que ela me deixou, me deu vontade de sair andando pelo colégio, à procura do que fazer. Compreendi que, se eu ficasse ali no quarto, iria apenas prolongar o meu sofrimento. Andar pelos enormes corredores do colégio seria uma maneira de me distrair, de passar o tempo. Levantando-me da cama, onde estivera sentado desde que entrara no quarto, resolvi sair.

Desci as escadas, meio ressabiado e com medo. Medo do quê, eu não sei dizer. Sei que tinha medo. Cruzei com uma irmã, mas ela não interrompeu a minha caminhada. Apenas me cumprimentou.

Continuei a andar pelo colégio todo. Sem querer, fui sair na portaria. A irmã que estava lá me cumprimentou gentilmente e também não interrompeu minha caminhada.

O jardim era convidativo. Fiz menção de ir até lá e ela não se opôs.

Eu não tinha intenção de ir para a rua. Mas, na frente do colégio, havia uma praça gostosa, calma, tranquila. Aí me deu vontade de sentar em um daqueles bancos, à sombra de uma figueira enorme.

Abri o portão de ferro, pesadão, secular. Atravessei a rua e fui.

Quando estava me sentando no banco, duas radiopatrulhas encostaram no meio-fio. Alguns rapazes, um pouco mais ao longe, gritaram "Olha o rapa!", tentando fugir. Mas os soldados já desceram de armas em punho, prontos para atirar se fosse necessário. Tentei sair correndo, mas foi pior. Acabaram me confundindo com os rapazes, que estavam em atitude suspeita. Para a polícia eu era mais um da rodinha.

— Todo mundo pra delegacia. Vamos entrando nas viaturas...

A recepção do delegado não foi lá essas cordialidades. Mandou que ficássemos em fila e começou a cacarejar um discurso duas vezes mais inflamado do que o sermão de padre Bernardo em dia de inspiração e casa cheia. Cheia por cheia, a delegacia estava lotada. Plateia não faltava.

Olhando um por um, ele ia esbravejando, gritando, nervoso. Sempre deitando falação, quando chegou na minha vez ele já ia passando para o seguinte, quando resolveu parar e remexer na memória alguma foto vista em algum lugar, em algum dia, não sei onde.

— Barril — ele chamou o gordao —, me traga o álbum da Febem.

Enquanto Barril se deslocava pesadamente pela sala, ele continuou o discurso, me olhando face a face, vociferando esculhambação com cusparada.

Ficar olhando para homem assim, cara a cara, não era e nunca fora meu fraco. Mas era só eu desviar o olhar e ele berrava:

— Estou falando com você, seu marginal!

Depois de uns minutos, que pareceram um século, o álbum chegou às mãos dele. O delegado já tinha certeza de onde me conhecia. Mas folheou o álbum devagarinho, olhando facínora por facínora, trombadinha por trombadinha, querendo dizer, com o seu gesto, que, para a polícia, eu era apenas mais um deles.

— Aqui está! Walter da Silva, vulgo Tinho, dezesseis anos incompletos, estudante da primeira série do segundo grau do Colégio Cônego Musa Julião Motta de Barros, menor estagiário do Banco do Brasil. Apesar disso tudo, se vendeu por uma quinquilharia, para ser cúmplice no roubo dos barbeiros, para "desovar" milhares de barbeiros em cima do Favelão e mais: incendiar todos os barracos.

O delegado acabou de ler e gritou para os outros:

— É com um tipo desses que vocês andam, seus imbecis!

Os rapazes fizeram questão de desencostar de mim, como se a simples aproximação os contaminasse. Até eles me rejeitavam.

— Barril! Desce ele pra interrogatório. . .

Enquanto era separado do grupo, eu amaldiçoava a infeliz ideia de sair à rua. Eu estava quase acreditando que gostava mesmo de complicar minha vida. Na hora em que estava tudo certo, na maior mordomia, lá ia eu estragar tudo.

Na escada, eu já recebi a primeira pergunta, em forma de pescoção. Barril me arremessou contra os degraus, querendo saber quanto eu faturara no negócio.

Depois — já sentado numa cadeira, com as mãos algemadas para trás — eu era novamente inquirido:

— Então, maninho — ele perguntou-me, aproximando sua cara da minha — se vendendo por ninharia, né?

Abaixei a cabeça, mas ele agarrou-me pelos cabelos, obrigando-me a olhar a sua cara de bandido de faroeste italiano.

— Então, maninho, quanto você ganhou e quem te pagou para impestear o Favelão? Responda, seu filhaço! Responda!

— Não fui eu! Não fui eu! Não fui eu!...

— Tá bom, meu anjo! Eu sei que não foi você, mas acorde. Vamos! Tinho, está tudo bem...

— Hein? Hein? Onde estou? Quem é você? Cadê o Barril?

— Que Barril?

— O detetive que estava me interrogando...

— Não há detetive nenhum aqui, tranquilize-se...

Firmando os olhos, pude ver o sorriso tranquilo de irmã Valentina.

— Ô irmã, esqueça... Eu estava tendo um pesadelo. Que coisa horrível!

Sentando-me na cama, passei as mãos pelo rosto, ainda não acreditando que eu estava no Santa Inês, no meu quarto, e que delícia de quarto era aquele.

— Ainda bem que era só um pesadelo, irmã! Ainda bem!...

UMA LUTA MOVIDA A PAZ

O resto da tarde passei chateado, dando graças a Deus por estar ali, bem tranquilo. Mas eu também pensava na hora em que a polícia me pegasse, como ia ser.

Na hora do jantar, irmã Valentina — ora, ora, você não tomou nada do seu lanche? — veio me fazer um convite.

— As irmãs mandam convidá-lo para que você jante conosco, no refeitório.

Fiquei meio sem jeito, mas recusar seria falta de delicadeza. Concordei.

Enquanto descíamos as escadas, a caminho do refeitório, irmã Valentina convidou-me para uma reunião logo depois do jantar.

— Eu gostaria que você participasse de uma reunião que vai haver logo mais. É um grupo chamado Movimento Luta Mo*vida*paz, coordenado pelo professor Eduardo, que leciona

História aqui no colégio. Ele, uns alunos daqui e de outras escolas se reúnem para discutir assuntos que vão interessar a você. Quer participar?

— Quero! — respondi com firmeza. Sentia necessidade de conversar com alguém, de falar, de me abrir.

E andando ao lado da irmã, ela ia me colocando a par do movimento.

— Eu não tive a oportunidade de conversar com o professor Eduardo a seu respeito, mas eu sei que não haverá problemas. E depois, você vai gostar do grupo. Esse movimento procura lutar contra a violência, qualquer que seja a sua forma. É lógico que não podem fazer muito, mas pelo menos é uma forma de conscientização da juventude. . .

Quando chegamos ao refeitório, fiquei emocionado. As irmãs estavam de pé, perfiladas em volta da grande mesa. Assim que entrei, elas começaram a bater palmas. Sem graça e sem saber onde colocar os braços, fiquei vermelho na hora. Aquela demonstração de carinho me deixou muito comovido. Para quem à tarde havia sido confundido com marginais no pesadelo, ser recebido com uma salva de palmas foi muito bom, foi realmente uma surpresa gostosa.

— Este é o Tinho, nosso hóspede — irmã Valentina me apresentou, indicando-me a cabeceira da mesa. — Fique à vontade, viu?

Sem querer, dei um fora. Já fui me sentando, quando o costume ali era agradecer, em pé, os alimentos que íamos comer.

Ao sinal de irmã Valentina, todas disseram ao mesmo tempo:

— Ao Senhor agradecemos o alimento que teremos. Senhor, dai pão a quem tem fome e fome de justiça a quem tem pão. Amém.

Durante o jantar, todas elas foram muito delicadas comigo. Ao meu lado, sentaram-se irmã Maria Isabel, irmã Clarice, irmã Heloísa, e do outro, irmã Maria Augusta, irmã Virma, irmã Luiza, irmã Sartorelli. . .

Irmã Clarice — uma velhinha simpática e jovial — me deixou tão à vontade que, de repente, até me abriu o apetite, e aí eu comi pra valer.

Depois do jantar, irmã Valentina perguntou-me se ainda queria ir à reunião do Mo*vida*paz.

— Quero, claro que quero — respondi com entusiasmo, agradecendo aquele jantar e a companhia das irmãs.

Quando chegamos ao salão Dom Bosco, onde aconteciam as reuniões, o grupo do *Movida*paz já havia iniciado os trabalhos daquela noite. Eram mais ou menos umas trinta pessoas, divididas em grupos.

— Este é o professor Eduardo Antônio dos Santos, de quem eu já lhe falei — disse a irmã, me indicando o coordenador do Movimento.

— Eduardo, este é o Walter. Por uns dias, ele é nosso hóspede. Eu tomei a liberdade de convidá-lo para participar do grupo de vocês. Depois eu conto direito o porquê dele estar aqui conosco. Por favor, faça as honras da casa.

— Vamos entrar, meu rapaz. Pode encaixar-se em um dos grupos. Esteja à vontade...

Entrei em um grupo de cinco pessoas. Havia outros grupos espalhados pela sala.

— Oi, tudo bem? Meu nome é Cecília. Cecília Chaguri — uma garota de sorriso claro me introduziu no grupo. — Este é o Marcelo...

— Marcelo Negreiros, muito prazer!

— Esta é a Graziela!

— Oi, tudo bem?

— O André Bozzo...

— E aí, meu! Tudo em cima?

— Meu nome é Léa Mortol — uma moreninha simpática se adiantou à apresentação. — Muito prazer!

Depois de apresentado a todos, fiquei ouvindo o que discutiam. Não demorei para verificar o que eles estavam falando.

— Eu acho que ele é inocente — disse Cecília, desmanchando o sorriso claro e assumindo um ar de determinação.

— Sei não, Cecília. Os jornais dizem justamente o contrário. Veja bem...

Só agora eu percebia que, diante de todos, havia recortes de jornais com nome e fotos bem conhecidas, conhecidíssimas.

Diante da minha curiosidade, André me passou uns recortes. Sem dúvida nenhuma, eu conhecia de cor e salteado tudo o que falavam.

— Pronto? Podemos começar o julgamento?

— Julgamento? — perguntei, mais para mim do que para os outros.

— É, nós estamos julgando o caso do Favelão. Toda semana nós temos uma discussão sobre um problema de violência na cidade.

— Ah, sei... — respondi, perplexo, curioso para saber mais.

— Tudo bem, turma! — o professor Eduardo interrompeu. — Vamos fazer a plenária. Isso, agora vamos desmanchando os grupos para fazermos o grupão. A que conclusão vocês chegaram? — ele perguntou, motivando os jovens a responderem. — Hein, Carneiro? Fale mais alto para todo mundo ouvir — pediu a um rapaz de óculos, sentado do outro lado do salão.

— O meu grupo chegou à conclusão de que este rapaz, o Tinho, é culpado. Pelos depoimentos que nós temos e pelas circunstâncias todas, o grupo achou que ele é o responsável pelo roubo dos barbeiros, e também por ter ajudado a infestar o Favelão junto com os criminosos, além de ajudar no incêndio...

— Discordo — respondeu Cecília, com veemência. — Eu acho que...

Então... então... e o meu pensamento se negava a formar uma ideia correta do que eu acabava de ver e ouvir. Então eles estavam me julgando? Mas com que direito? Apenas porque tinham recortes de jornais e informações mentirosas? Mas como? Como? Como?...

Eu não conseguia escutar mais nada. Eu me recusava a ouvir o que diziam. Mas também não conseguia me levantar, mover-me. Parecia que eu estava colado à cadeira onde havia me sentado.

— E você, o que acha? — o professor perguntou-me. — Qual é mesmo o seu nome?

A pergunta direta, objetiva, me despertou daquele estado de torpor. Levantando-me, consegui articular apenas uma frase, antes de sair do salão:

— Vocês não têm esse direito!

E saí correndo, em busca do meu quarto. Por acaso, eles me conheciam o suficiente para poder fazer aquilo? Por acaso eles tinham o direito de me condenar como o povo do Beco me condenara, como a polícia me condenara, como meus raptores me haviam condenado? Simplesmente porque um achava uma coisa, um segundo achava outra e um terceiro outra coisa mais diferente ainda? Baseavam-se, então, no achismo para consertar o mundo?

Sem perceber, quando cheguei ao meu quarto eu chorava forte. E quem não teria vontade de chorar, sabendo que as pessoas podiam ficar tirando conclusões as mais levianas, simplesmente porque alguém disse e falou e mentiu?

O jeito era aquele mesmo: deitar-me e afogar no travesseiro todo o meu soluço, o meu ódio, o meu desabafo.

Quando a crise de choro diminuiu, virei-me e, olhando a porta, xinguei:

— Seus desgraçados! Vocês não têm o direito de me condenar sem...

Não continuei. À porta, Marcelo, André e Cecília me olhavam espantados.

— Hei, cara! Que bicho te mordeu, pô? — André queria saber.

Parei de soluçar de repente. Era preciso enfrentar aqueles tipinhos metidos a donos da verdade.

— É isso mesmo, tá legal? Vocês não têm o direito de ficar julgando ninguém. Eu não fiz nada disso que os jornais estão dizendo, falô?

— Quer dizer que... que...

— Que eu sou o Walter da Silva, o Tinho, que vocês acabam de condenar...

— Você?... o Tinho, aquele do Favelão? — Cecília perguntou, surpresa, abrindo o sorriso claro em uma risada gostosa. Em vez de ficar acanhada, ela dava risada. — Não acredito!

O fato dela não perder o rebolado me deixou mais fulo da vida ainda.

— Sou eu sim senhora, tá legal?

— Tá legal, mocinho, tá tudo muito legal... — ela disse, sentando-se na cama ao lado. — Mas que coincidência, puxa vida!

— E você fica com essa cara lambida aí, é? — reclamei, com raiva, tentando ofendê-la. Em vão.

— Eu fico sim. É a que eu tenho. Agora, você também não está nada bonito com essa cara de tenham-dó-de-mim. Tá, foi um tremendo fora que a gente deu, vá lá! Quem ia saber que a nossa visita era o próprio assunto da reunião? Tudo bem! Acontece que toda semana nós nos reunimos para pensar a violência que anda solta aqui na cidade. Nessas duas semanas, nós temos parado para pensar sobre o que aconteceu lá no Favelão...

— Beco. Beco do Deus-me-livre. Mais respeito com o lugar onde moro, está certo?

— Certo. Tudo bem... — ela continuou, sem se ofender de novo. — Beco do Deus-me-livre! A partir do material que nós recolhemos, a gente resolveu montar um julgamento. E inclusive a ideia de se fazer uma espécie de julgamento foi minha. É lógico que é uma coisa imperfeita, mas o importante é que nós repensamos a realidade que vivemos, passando a ter um espírito crítico a respeito da comunidade...

Ela disse isso tudo com calma, tranquila. Levantando-se da cama, onde havia se sentado, ela caminhou para a porta, arrematando:

— Se eu fosse você, Tinho, eu parava de chorar que nem um maricas, lavava esse rosto e voltava lá pro grupo.

— Voltar?! — exclamei, sentando-me na cama, surpreso com a firmeza das palavras daquela menina que começava a me intrigar.

— É, voltar, ir lá comigo, o Marcelo e o André. Ou você é sempre assim? Sempre que você tem um problema, você enfia a cabeça no travesseiro, como o avestruz, e fica chorando, se lamentando, é?

Como eu podia deixar que uma garotinha topetuda ficasse me xingando de maricas sem mais aquela, me xingando de avestruz, sem levar o dela?

— Tá legal, mocinha! Já me ferraram bastante até agora, mas daqui para a frente ninguém vai ficar gozando da minha cara sem levar o troco. Vamos lá que eu tenho umas poucas e boas para dizer a vocês.

Cecília sabia que aquela maneira petulante de dizer as coisas mexeria com meus brios. Ainda notei quando ela piscou para o André e o Marcelo, dizendo:

— Então, vamos à luta, seu incendiário!

NO BECO, UM TESOURO ESCONDIDO

Quando acabei de contar toda a minha história, o grupo do Mo*vida*paz ficou boquiaberto.

— Pô, Tinho! O que você está dizendo é muito sério... — Marcelo foi o primeiro que falou alguma coisa, depois de um certo tempo em que todos ficaram se olhando sem saber o que dizer.

— Sério não, seriíssimo — opinou Carneiro. — E a gente te condenando...

— Que sacanagem, hein meu! — André suspirou, embora em todos pairasse o ar de vaca-amarela-pulou-a-janela-quem--falar-primeiro-come-tudo-dela.

— Tudo bem, gente, mas não vamos ficar aqui como se estivéssemos jogando o siso, né? Um olhando para o outro! — adiantou-se Cecília, vendo que todo mundo estava bestificado.

— É isso aí, Cecília — ajudou André.

— Eu também acho — acudiu Graziela, loiríssima de olhos azuis e óculos simpáticos.

— Eu também concordo com você, Cecília — disse o professor Eduardo. — Tá aí um caso para se resolver. Acho que devemos nos unir em volta da ideia de que o Tinho precisa de ajuda. E ajudá-lo deve ser a preocupação de mostrar a sua inocência e achar os verdadeiros criminosos.

— Nós devemos dar uma força pro Tinho. Do jeito que estão as coisas, ele não vai conseguir nada sozinho... — disse Cecília, voltando a sorrir claro.

— É que nem marimbondo — explicou André. — Se um pica a gente, você leva uma ferroadinha, mas mata o marimbondo. Se um enxame o picar, aí você não pode com tantos. É o ditado da união faz a força, compreenderam?

— Tudo bem, André. Mas por onde começar? — perguntou Léa.

— Exatamente isso que eu ia propor — ajudou Marcelo. — O que é que vocês acham?

— Eu acho que, se tentaram fazer isso com o Beco, é porque querem fazer mal... sei lá, a algum morador de lá...

— Eu acho que não, Léa — interferiu Graziela. — Se quisessem fazer mal a uma pessoa de lá, acertavam essa pessoa na rua, sem precisar roubar barbeiros e infestar o Beco todo.

— Tá aí — Marcelo assumiu um ar de detetive, só faltando a lupa, as luvas e o cachimbo para se transformar no Sherlock Holmes do caso. — Acho que eles queriam prejudicar todo mundo de lá. O que vocês acham?

— Sua pista está boa, Marcelo. Continue — sugeriu o professor.

— E se queriam prejudicar todo mundo do Beco, a pergunta é: por quê? É essa pergunta que tem de ser respondida, antes de mais nada.

— Teria algum tesouro lá? Algum negócio escondido? Alguma fortuna? — foi a vez do André arquitetar uma pergunta.

— Creio que não — respondi. — Aquilo é terra de ninguém. Coisa esquecida. Pra falar a verdade, não se pode nem construir lá. Só agora é que alguns moradores conseguiram virar donos dos terrenos.

— Como assim?

— Aquelas terras não eram de ninguém — expliquei. — Eram terras que não tinham dono. Agora que alguns moradores conseguiram provar que moraram lá por muitos anos sem que ninguém reclamasse, o terreno é deles.

— Aí está a chave da coisa, meus queridos — disse o professor, demonstrando que havia descoberto o porquê de tanto interesse no Beco. — Lá existe um grande tesouro, sim senhores. Escondido bem debaixo dos barracos, dos casebres, das vielas e travessas...

— Pô, Edu! Você sabia e não contou pra nós... Vamos lá pegar, pô!

— Mas não é um tesouro de ouro e pedras preciosas, André. Nada disso. O que existe lá são terras — retrucou o professor.

— Terras? — disse André desanimado, fazendo um trejeito de quem tem alergia a poeira.

— Se aqueles terrenos são devolutos, como o Tinho diz, é fácil verificar. Sem dúvida alguma, há interesse de alguém em desalojar os moradores do Beco...

— Tá aí, Edu! Eu acho que você tem razão... — Marcelo apoiava o professor.

— O Eduardo sempre tem razão — disse Léa, demonstrando, com isso, ter um quê de simpatia pelo mestre.

Expliquei que não era a primeira vez que aconteciam coisas estranhas no Beco. Por várias vezes, haviam tentado mudar os habitantes do Beco para o Quinta Face, um conjunto habitacional da Cohab. E, não raras vezes, escutei meu pai dizer que as construtoras tinham oferecido dinheiro para que eles desistissem da posse dos terrenos.

— Vejam como agora fica fácil. Pode não ser o caminho certo, mas é um primeiro caminho. Se alguém quer desalojar o pessoal do Beco é por questão dos terrenos de lá, certo? — concluiu o professor.

— Certo! — responderam todos ao mesmo tempo.

— Então nós precisamos começar a investigar a respeito das construtoras de prédios. Um terreno tão grande como o que existe lá só pode interessar a alguém que necessite de um terreno grande, não é mesmo?

— Ah, como o Edu tem ideias brilhantes. . . — Léa suspirava.

— E não são muitas as construtoras da cidade, não é verdade? — indagou o professor.

Eram. Mas de grande porte havia apenas duas: a João de Barro e a Favos de Mel.

E foi pela primeira que começamos a investigar.

UMA ALUNA MUITO "CHARMOSA"

No dia seguinte, depois do almoço, quatro jovens simpáticas apresentaram-se à recepção da João de Barro Construções Limitada.

Todas as quatro trajavam o uniforme do colégio: camiseta de malha, com o nome SANTA INÊS impresso verticalmente do lado direito e calças *jeans*.

A primeira delas trazia um sorriso claro e decidido no rosto simpático. A segunda era uma moreninha também simpática, corpo de bailarina. A terceira tinha óculos redondinhos, era loira e dona de um olhar azul. A "quarta jovem" tinha um tique nervoso: vivia ajeitando os seios que pareciam não estar bem acondicionados dentro do sutiã. Os cabelos também eram conferidos e reconferidos, como se a qualquer momento pudessem pular da cabeça da jovem. "Linda", "simpática", no entanto mal conseguia parar dentro dos sapatos que haviam lhe emprestado. Também pudera: se os nomes das três primeiras eram Cecília, Léa e Graziela, a quarta chamava-se Walda, eu em pessoa e travestido de aluna exemplar do Santa Inês.

— Você acha que vai dar certo, Tinho? — perguntou Cecília.

— Walda, meu nome é Walda, não se esqueça. E trate de ficar fria. Tenha fé que tudo vai sair bem.

Era necessário correr aquele risco. Visitando as construtoras, eu poderia ajudar muito mais do que ficando trancado no colégio. Poderia até encontrar o tal chefão de voz rouca e

Disfarçado de mulher, Tinho acompanhava Cecília, Léa e Graziela na visita à Construtora João de Barro.

nervosa, o *amizade* ou então o motorista que havia me sequestrado.

— Tudo bem, garotas! Mantenham o astral alto. Vamos nessa?

— Eu não achava necessário você vir, Tinho. Podíamos usar um gravador. Depois era só você escutar a fita e dizer se a voz era a mesma...

— Negativo, Cecília. Eu não admitiria saber que você corre perigo, eu estando numa boa.

— E nós duas, Tinho? Não corremos perigo? — reclamaram Graziela e Léa.

Falei no singular por falar, sem querer. Mas o olhar carinhoso que lancei à Cecília foi verdadeiro, muito verdadeiro.

Mas, como eu ia dizendo, no dia seguinte, depois do almoço, quatro jovens simpáticas apresentaram-se à recepção da João de Barro Construções Limitada.

— Boa tarde. Nós podíamos falar com o doutor Celeste, dono da construtora? — perguntou Cecília, bem desembaraçada.

— É sobre o quê? — quis saber a recepcionista, indiferente.

— Nós somos do Colégio Santa Inês e viemos entrevistar o dono da construtora. É sobre um trabalho de Geografia... — ajudou Léa, deixando transparecer na voz um leve tremor só percebido por nós, "garotas" do grupo.

— Eu vou ver se ele pode atendê-las.

Não demorou muito e a recepcionista voltou com a resposta:

— Podem entrar, meninas. O doutor Celeste vai atendê-las.

Enquanto andávamos pelo corredor, Graziela "empacou".

— Gente, eu acho que vou desmaiar — disse baixinho.

Cecília não teve dúvidas. Foi lá e deu um beliscão no traseiro da amiga, quase a fazendo gritar de dor.

— No nosso código é proibido falar em desmaios. Em frente, marche!

E lá fomos nós, corredor adentro, acompanhando a recepcionista.

Batendo de leve na porta, ouvimos uma voz de homem responder:

— Podem entrar, por favor.

— Com licença, doutor? — solicitamos.

— Entrem e sentem-se, por favor.

As três sentaram-se. Em pé, só uma das meninas. Quer dizer, eu...

— Senhorita, um momentinho só que eu vou providenciar uma cadeira para você... — disse-me doutor Celeste, solícito.

Ele saiu e eu fiquei fazendo caretas para ele. Onde já se viu ficar me chamando de senhorita, assim cheio de leques e salameleques?

Cecília me deu um pisão no pé.

— Senhorita Walda, comporte-se — ela cochichou, lembrando-me de que, para todos os efeitos, eu era uma "senhorita".

— Pronto, senhorita! Queira sentar-se, por favor.

Sentei-me e o doutor Celeste perguntou-nos, sem desviar o olhar de mim: — Mas a que devo esta visita tão cordial, com tão lindas garotas?

— Bem, doutor, nós somos alunas do Colégio Santa Inês e estamos... — Cecília adiantou-se, com medo de que eu abrisse a boca e pusesse tudo a perder.

— Ah, o Santa Inês! Que saudades daqueles tempos! — o doutor Celeste interrompeu, com um olhar de quem recordava o passado, mas sem tirar os olhos de mim. — Naquela época, eu era jovem e namorava Alzira, hoje minha mulher. Ela era interna. E, naquela época, as freiras eram rígidas, muito rígidas. Para encontrar-me com Alzira, era uma luta, um verdadeiro jogo de xadrez. Hoje não. Está tudo mudado...

— Ah, quer dizer que sua mulher estudou... — Léa dava corda.

— Sim, ela estudou no Colégio Santa Inês. Engraçado, mas como é impressionante... — e o doutor apontou para mim, sorridente.

— Impressionante o quê, doutor? — perguntaram as três, intrigadas.

"Ó céus! O que faço agora?", pensei. Mas aguentei firme. O que será que ele estava achando impressionante?

— Impressionante como você se parece com Alzira, quando jovem.

Então era por isso que ele estava me paquerando desde que cheguei. Por pouco que eu não meto o cinzeiro que estava sobre a mesa no meio da fuça dele. Cecília viu minhas intenções e meteu o pé no meu calo de estimação. Sorri amarelo, enquanto ele continuava:

— Mas hoje está tudo mudado. Estudam moças e rapazes, não? E depois, a irmã Valentina tem uma cabeça que...

— O senhor conhece a irmã Valentina? — perguntaram as três ao mesmo tempo, espantadas.

Pensávamos estar frente a frente a um criminoso frio e sanguinário, mas começávamos a mudar de ideia.

— Mas é lógico que conheço. Pois o Carlinhos, meu filho, estuda lá... Mas o que vocês vieram fazer mesmo?

— Bem, doutor, nós estamos fazendo um trabalho de Geografia. A nossa professora, dona Eliana, dividiu-nos em equipes, para pesquisarmos, junto às construtoras, a respeito de como Ribeirânia ficará na passagem do século XX para o XXI — explicou Cecília, mentindo sem muita firmeza, até arrependida por ter pensado mal do doutor Celeste.

— Trabalho muito interessante, meninas. Bem, é difícil dizer seguramente sobre isso. Vocês sabem que não existem coisas definitivas. O que se planeja hoje, amanhã acaba mudando. Basta que mudem o prefeito para tudo mudar. Não há um planejamento sistemático, independente da posição política de cada prefeito. Mas algumas coisas pode-se pensar. A avenida Presidente Vargas deverá ser ligada, em duas pistas, até a saída de Ribeirânia... Um viaduto deve ser construído na continuação da Nove de Julho com a Portugal, indo até...

— Em termos de construções de grandes prédios, por exemplo... — Graziela procurava ganhar tempo.

— Grandes condomínios residenciais? — e doutor Celeste assumiu uma fisionomia de quem tem muito a dizer. — Bem, a João de Barro tem intenção de construir um grande complexo de edifícios ali perto da Vila Carvalho, mais precisamente...

As garotas prestaram bastante atenção. Estava ali o que queríamos ouvir. Cecília me cutucou novamente com os pés, acertando novamente no meu calo de estimação e na minha unha encravada, já bastante incomodada no sapato apertado que a Léa me emprestara. Só não urrei de dor porque não sou leão e a hora não era propícia.

— Algum problema, senhorita? — doutor Celeste dirigiu-se a mim.

Neguei com a cabeça, sorrindo um sorriso desbotado.

— Eu nem deveria estar falando a vocês — ele retomou, agora sem muito entusiasmo, não querendo revelar um segredo.

Sem tirar os olhos de mim, ele desculpou-se:

— É segredo, entendem? Segredo de Estado, digamos. Projetos, minhas queridas, não costumam ser ventilados assim. Os concorrentes. . .

Desmanchei minha cara de dor e fiz um olhar pidão, desses que as criancinhas lançam às mães, diante da vitrina cheia de doces.

Ele não resistiu ao meu olhar charmoso. Capitulou, fulminado.

— Está bem, eu digo, mas guardem segredo. Nem gostaria que vocês colocassem isso no trabalho, entendem?

Fizemos que sim com a cabeça.

— Bem — disse ele, ajeitando-se na cadeira —, nós compramos uma grande área perto da Vila Carvalho, nas proximidades da avenida do Café, caminho da Faculdade de Odontologia, e vamos construir lá um. . .

— Avenida do Café? — perguntaram as três, desiludidas.

Avenida do Café era do lado completamente oposto ao Beco do Deus-me-livre.

— Por que a pergunta, meninas? Será o mais bem equipado conjunto residencial de todos os tempos. Sem dúvida nenhuma, obra para atravessar o século XXI — disse ele, contrariado com a nossa decepção.

Não nos interessava mais o doutor Celeste. Em primeiro lugar, porque a voz dele nada tinha a ver com a voz rouca e nervosa do chefão que procurávamos. E depois, porque ele não tinha mesmo jeito de bandido.

Antes de sairmos, porém, doutor Celeste estendeu-nos a mão, em despedida. Na minha vez, ele segurou minhas mãos e levou-as aos lábios, beijando-as carinhosamente. Fora um gesto delicado, confesso, não fosse eu um homem. Retirando minhas mãos depressa, segui as meninas, quase tropeçando nas cadeiras. Na porta, ainda o escutei dizer lá com seus botões:

— Mas como se parece com a Alzira quando jovem. . .

Já na rua, tivemos um ataque de riso. Quer dizer, elas tiveram, porque eu estava fulo da vida. Cecília, Graziela e Léa gargalhavam como três palhaças. Eu ia sério, ou séria, nem sei mais, andando devagar, como se pisasse entre ovos, meu calo de estimação e a minha unha encravada reclamando do sapato apertado, querendo saber onde eu arrumara um número trinta e sete para meu pé trinta e nove.

— Pé? Isso aí é uma lancha — Léa gargalhava, quando pedi para andarem devagar, pois meus pezinhos estavam doendo.

— Alzirinha! Quá, quá, quá... — todas elas se desmanchavam de tanto rir, quase precisando ir ao banheiro.

Quando se fartaram de rir, eu disse, sério:

— Meninas, vocês vão em frente. Eu desisto. Não levo mesmo jeito para a coisa...

— Nada disso, machão. O senhor não quis acompanhar e proteger três jovens indefesas? — Cecília recriminou-me, linda com seu sorriso claro. — Com esse sentimento machista que vocês homens têm, não quis deixar que três garotas descobrissem tudo sozinhas, né? Agora aguente, machão!

— E depois, Alzirinha — Léa ironizou, suave no seu passo de bailarina, enquanto eu me arrastava com dificuldade —, você é o sucesso de nossa investigação. A maquiagem que eu fiz em você, modéstia à parte, está perfeita.

— Se bem que os traços dele ajudem. É verdade, Tinho — Cecília enfatizou, diante do ar de dúvida que lancei. — Não quero dizer que você tenha traços femininos. Sério! A maquiagem que a Léa fez ficou legal porque você tem traços finos, bem feitos.

Adorei a observação dela. Me deu até ânimo para andar pelo menos mais dez quilômetros.

No fundo, no fundo, eu até estava gostando. Era muito mais interessante ficar perto de Cecília e das meninas do que naquele quarto do colégio.

— Vamos em frente, garotas!

— Assim é que se fala, Alzira!

UM FAVO DE MEL MUITO AMARGO

Outra grande construtora que tinha possibilidade de elaborar um projeto tão grandioso como ocupar os terrenos do Beco era a Favos de Mel. Realmente, Ribeirânia estava virando uma selva de pedra, de concreto, graças ao trabalho das construtoras. Por toda a cidade, casas antigas eram demolidas, derrubadas para darem lugar a edifícios enormes, muitos deles tendo no alto, enquanto eram construídos, o emblema de um joão-de-barro, aquele passarinho que faz sua casinha com barro; ou então, de um favo de mel.

No dia seguinte, depois das aulas, quando Cecília acabou de telefonar, marcando uma entrevista com o doutor Abelhinhas, dono da Favos de Mel, reclamei:

— Desisto, meninas. Não levo jeito para o papel de "investigadora".

— Alzirinha! — exclamou Cecília, me repreendendo, fazendo alusão à nossa visita à João de Barro — você é tão charmosa e faz lembrar os tempos de antigamente... Nada de desânimo — ela encorajou-me. — Vá se vestir, Tinho, que eu e a Léa vamos preparar sua maquiagem...

Não demorei muito para voltar a encarnar o papel de Walda, a estudante.

Ao chegarmos à Favos de Mel, o doutor Abelhinhas já nos aguardava.

Em tudo ele parecia mesmo uma abelhinha: gordinho, roliço, baixinho, um vasto bigode português, era a impaciência em pessoa.

— Sentem-se, sentem-se, senhorinhas! — convidou-nos, demonstrando pressa, como se tivesse um compromisso importante para logo mais e estivéssemos atrapalhando.

Para nosso azar, doutor Abelhinhas não tinha namorado ninguém do Santa Inês e nem conhecia irmã Valentina.

Quando as meninas perguntaram sobre conjuntos residenciais, ele suspirou fundo, tomando fôlego; perdeu a pressa e, cofiando as pontas do bigode, como se ligasse as antenas, voltou a ser apressadinho, zumbindo como uma abelha, no seu sotaque sibilante, cheio de esses e erres.

— Raios! Está aí um problema nesta cidade, pois não? Os terrenos estão cada vez mais caros, mais difíceis. Já tentamos comprar o que há de terreno mais bem localizado, mas não conseguimos. Para se fazer um conjunto residencial que fique como marco do século XX, como as meninas perguntam, só existe um terreno nesta cidade que tem uma localização estupenda...

— E que terreno é este, doutor? — perguntou Léa à queima-roupa.

— Ora, pois, pois... Todo mundo sabe que o que há de melhor localização é onde está o Favelão, uma vergonha para a cidade. É o que todo mundo sabe...

— Ali perto da Vila Carvalho e do Tanquinho, doutor, onde só existem marginais e trombadinhas? — emendou Cecília, evidentemente pra me chatear.

— Isso mesmo — respondeu o doutor Abelhinhas, entusiasmando-se, para continuar, sibilante: — Lá existe uma súcia de mendigos, desempregados e favelados que insistem em ficar ocupando aquela área. Já ofereci muito dinheiro, mas os cabeças-duras não vendem, não trocam e não emprestam. — E, olhando para um quadro onde se viam algumas caravelas, com uma frase como legenda ("Onde mais terras houvera, lá chegara"), suspirou: — Bem feito que eles levaram o deles...

Opa! Primeira regra de qualquer manual de detetive: onde há fumaça, há fogo. O despeito do doutor Abelhinhas era sintomático.

Mas ele sentiu que estava falando demais e, olhando para mim, ponderou:

— Bem, senhorinhas, mas é claro que eu não tenho nada com isso. Para dizer a verdade, eu até já desisti daqueles terrenos. Eles que se enterrem neles, aqueles cabeças-duras...

Compreendi que, por mais que percorrêssemos a cidade, indo de construtora em construtora, o verdadeiro culpado não iria entregar o ouro tão facilmente. Entendi que precisava andar livremente por ali, sem a interferência de ninguém. Dessa maneira, poderia descobrir o que o doutor Abelhinhas não queria dizer.

Tentando ser o mais natural possível, pedi para ir ao toalete.

— Meninas, preciso retocar a maquiagem — falei, a voz em falsete.

As meninas — notei em seus rostos — quase gelaram, sem saber o que eu estava tramando.

O doutor Abelhinhas, muito solícito, disse-me:

— Senhorinha, é só virar o corredor, a terceira porta à esquerda...

Saí pelo corredor, observando bem todas as portas. Nenhuma delas estava fechada. E nenhuma me parecia suspeita. Ao virar o corredor, deparei com um ELAS, a terceira porta à esquerda.

Fiquei na dúvida se devia ou não entrar. Fiquei com receio. Mas que bobagem! Decidi. "Não estou disfarçado de mulher? Então, vamos em frente", pensei.

E depois, notei que havia parado em frente à segunda porta e estava chamando a atenção de dois rapazes que batiam a máquina.

— O banheiro é aí em frente, moça! — disse um deles.

O jeito, portanto, era entrar no banheiro, esperar um tempo e ficar por ali, tentando descobrir alguma coisa. Procuraria, então, ouvir vozes parecidas com as dos assaltantes dos barbeiros, ou descobrir a sala dos projetos da Favos de Mel.

Ao entrar no banheiro, levei um susto. A recepcionista estava só de sutiã em frente ao espelho, enquanto molhava o rosto, as axilas e os braços.

— Que calor está fazendo, não? — justificou-se ela.

"Eu que o diga, moça!", pensei. Ali, com todo aquele disfarce, aqueles cremes, blushes, rimels, peruca e toda a parafernália que as mulheres usam e mais aquela visão de uma mulher quase nua no banheiro, só podia mesmo estar um calor imenso, um calorão de rachar mamona.

— Você quer ocupar o banheiro? — ela me perguntou, estranhando-me ficar ali "parada". — Pode entrar ali, eu já desocupei...

"Minha Nossa Senhora!" — suspirei, entrando no banheiro, esperando o suficiente até ela vestir a blusa e sair. Saí atrás. Eu estava "esbaforida". Nem pensei mais em ficar zanzando pela construtora.

Resolvi, então, voltar para a sala do doutor Abelhinhas. Sentei-me ali, ainda meio "encalorada", me abanando.

O doutor Abelhinhas fez menção de ligar o ventilador, e Cecília pediu que não o fizesse. Ainda bem. O vento poderia levantar minha peruca e aí, baubau investigações.

— Bem, senhorinhas — doutor Abelhinhas dava por encerrada a entrevista —, não sei se as minhas informações vão ajudar o trabalho de vocês...

— Já ajudou bastante sim, doutor — disse Cecília, se despedindo. — Vamos, meninas?

Antes de nos levantarmos, doutor Abelhinhas demorou seu olhar em minha direção, como se me reconhecesse, como se estivesse desconfiando de alguma coisa.

Gelei.

— Parece-me que conheço a senhorinha de algum lugar — ele declarou, deixando-nos com a respiração suspensa.

— Eu? — respondi, preparando-me para sair em desabalada carreira porta afora.

Quando ele ameaçou abrir a gaveta de sua escrivaninha, eu já estava com meio corpo para fora da porta, com medo que ele tirasse um revólver.

— Por favor, senhorinha — doutor Abelhinhas armou um sorriso largo debaixo do vasto bigode. — Eu gostaria de obter a permissão das meninas para oferecer-lhe um mimo. É uma prenda modesta, mas como só tenho uma, preciso escolher uma das meninas.

Tirando da gaveta um chaveiro com o emblema da Favos de Mel em vez de um revólver, ele adiantou-se em minha direção.

Sorri um sorriso amarelo, enquanto aceitava a prenda.

Na rua, as meninas voltaram à carga.

— Cadê o machão que ia nos proteger, hein Léa? — perguntava Cecília, irônica.

— Sei não, Cecília. Pelo que vi, ele seria o primeiro a abandonar três jovens indefesas nas garras e nos ferrões daquele zangão bigodudo.

— Mas por que será que ele ficou em dúvida se me conhecia, hein? — perguntei, sem dar bola para a ironia das duas.

— Vai ver que você lembra alguma rapariga lá da aldeia dele, em Portugal — Graziela deu um palpite, as três caindo na gargalhada.

TINHO RECEBE UMA VISITA

À noite, recebi a visita de padre Bernardo.

— Tome a bênção, seu moleque! — disse ele, irrompendo de supetão em meu quarto.

— Padre Bernardo, mas que surpresa! — falei.

— Como tem passado?

— Assim, assim. . .

— Eu soube que você está muito bem aqui com as irmãs. Disseram que você se entrosou com o Movimento Luta Mo*vida*paz, não?

— É um pessoal legal — respondi com evasivas, não querendo entrar nos detalhes de nossas investigações, para não ter que contar a respeito de meus disfarces. — E o advogado, o senhor conseguiu falar com ele?

— Ele está viajando, mas, assim que chegar, eu vou procurá-lo novamente. Não se preocupe. Eu já tomei umas providências importantes. Fui falar com o gerente do Banco...

— E então? Eu ainda trabalho lá, ou já me despediram? — eu estava ansioso para saber.

— Ele estranhou muito você estar implicado nesta coisa toda. Disse que você é um guardinha muito eficiente...

— Que guardinha, padre! Eu sou menor estagiário...

— Isso aí, menor estacionário...

— Estagiário, padre!

— É isso aí... seu Baraldi me disse que até tudo estar resolvido, você está de férias...

— Férias, eu? Nesse sufoco todo e...

— Veja, Tinho. Você faltou mais do que podia. Estando de férias, você não perde o emprego, entende?

— Ah, bom. Quer dizer que, para todos os efeitos, lá no Banco consta que estou de férias?

— É isso...

— Bom. E lá no Beco, minha família, o pessoal todo, como estão?

— Estamos reconstruindo os barracos, as casas todas. Está dando uma mão de obra danada, mas já botamos uma boa parte de pé. Mas não está fácil convencer o povo a ficar ali. Eu e o senador estamos fazendo o possível e o impossível para que ninguém desanime. Reconstruir tudo não está sendo fácil. Ficar em barracas, com este tempo de chuva que está fazendo, não é bom. Desanima mais ainda o povo. E depois, a Prefeitura tem minado o ânimo de todo mundo, com promessas, dizendo que todos devem ir para o Quinta Face, que lá tem casa nova, que eles vão pagar uma ninharia.

— Mas lá no Beco nós não pagamos nada... — interrompi.

— É o que eu digo a eles, Tinho. Eles não têm dinheiro nem para comer, vão ter para pagar a prestação da casa? E depois, terreno por terreno, o Beco vale uma fortuna. Sair dali é dar tudo de mãos beijadas. Mas eu ando preocupado, Tinho — padre Bernardo parecia desanimado. Nem resmungava. — O incêndio desanimou muito o povo. Alguns falam em ir lá para a Cohab. Pedrão é um deles.

— Aquele safado? — soquei uma mão na outra, nervoso.

— Bem, você conhece o tipo, não? Um pilantra... — padre Bernardo começava a resmungar, voltando ao seu normal. — Um pilantra de marca! E até seu Licurguinho anda já pensando em uma vendinha lá no Quinta Face. Você sabe o que fez o danado?

— Não — respondi, querendo ouvir o que ele fizera.

— Ofereceu uma cervejada para o prefeito.

— O que o senhor está me contando, padre?

— Isso mesmo que você ouviu. Para fazer média com o prefeito, Licurguinho deu uma cervejada, dizendo que não seria tão ruim todo mundo ir para o Quinta. E o pior é que muita gente ficou ouvindo prosa fiada... Isso me preocupa, Tinho.

Nesse momento, André apareceu à porta do quarto, me chamando para a reunião do Mo*vida*paz.

— Eu já estou indo, André!

— Bem, eu já estava mesmo de saída, Tinho — padre Bernardo despediu-se. — Vamos descendo que eu tenho que voltar ao Beco.

E logo depois na reunião, o professor Eduardo, assim que chegamos, tinha um plano ousado.

— Eu sabia que vocês não conseguiriam muita coisa. Ninguém gosta de ficar respondendo perguntas de adolescentes curiosos, principalmente em se tratando de projetos de edifícios. Enquanto vocês desenvolviam as investigações, eu também fiz as minhas.

— Quais? — Léa interessou-se.

— Eu estive na João de Barro e na Favos de Mel também. Só que estive interessado em apartamentos.

— Em apartamentos? — perguntamos, sem saber onde Eduardo queria chegar.

— Exatamente. Na João de Barro eu disse que era professor do Santa Inês e que queria comprar um apartamento nas proximidades da área onde está o Beco do Deus-me-livre. O doutor Celeste, quando soube que eu era do Santa Inês, perguntou-me se eu conhecia uma de vocês, muito parecida, segundo ele, com sua mulher, dona Alzira...

Cecília, Léa e Graziela olharam para mim e sorriram, cúmplices.

— Senti que ele é inocente. Até conversamos muito sobre o colégio, sobre a irmã Valentina, as mudanças do ensino e a opção que a Igreja faz pelos pobres depois do Vaticano II e de Puebla.

— E na Favos de Mel, Eduardo? — Cecília queria ganhar tempo.

— Achei o doutor Abelhinhas mais suspeito. Para não levantar desconfianças, eu disse que estava me mudando de São Paulo para Ribeirânia e que queria um edifício localizado nas proximidades do Beco.

— E ele? — perguntei.

— Disse-me que, por enquanto, não há nada de concreto na área...

— Por enquanto? — insisti.

— Isto é que me deixou intrigado. Ele chegou a afirmar que "lá para o ano" é bem possível. Mas desconversou logo em seguida...

— Isso não está me cheirando bem, Eduardo — Carneiro deu o seu palpite.

— Nós também achamos — eu disse. — A impressão que tivemos é que ele pode estar mais comprometido do que a gente pensa.

— Então nós precisamos investigar a Favos de Mel — Carneiro dava continuidade ao seu raciocínio.

Vendo que todo o Mo*vida*paz estava prestando atenção no que dizia, ele continuou:

— Seguinte, moçada. Proponho que convoquemos uma comissão para uma visitinha de surpresa aos escritórios da Favos de Mel.

— Mas nós já estivemos lá, Carneiro! — Cecília pediu um aparte.

— Não digo essa visita tipo "tudo bem", Cecília. Isso vocês já fizeram, o Eduardo também já fez. A visitinha a que estou me referindo — disse Carneiro, tomando ares de professor em dia de matéria nova — é na moita, sabe como é?

Diante da ignorância geral em visitas tipo "na moita", ele esclareceu:

— Seguinte, moçada. Escolhemos três ou quatro entre nós e, na calada da noite, entramos nos escritórios da Favos de Mel, vasculhando tudo para pegarmos provas do crime.

— Em tese, a ideia é genial, Carneiro. Mas quem vai até lá? — Eduardo dava uma de chato, estragando os planos e projetos do Carneiro. — E depois, não se esqueçam de que somos um movimento movido a paz, contra as violências...

— Ser pacífico não quer dizer ser passivo, Eduardo — Carneiro defendia seu ponto de vista. — Se agirmos direitinho, com educação, batendo de leve nas portas, esperando que elas se abram, vamos ficar esperando eternamente. É preciso jogar duro, dar soco nas portas, senão elas nunca vão se abrir...

— Eu discordo! — Eduardo insistia.

— Façamos uma votação então — Cecília tomou a frente. — Quem é a favor da visitinha à Favos de Mel levante a mão.

Todos levantaram a mão, apoiando o plano do Carneiro.

— Pronto, Eduardo — exclamou Carneiro. — A visitinha foi aprovada.

VESPAS SUICIDAS VISITAM O COVIL DA FAVOS DE MEL

Quando o Fiat do Eduardo parou antes do quarteirão onde estava localizada a Favos de Mel, quatro elementos desceram na noite escura da rua: Eduardo, Carneiro, eu e uma jovem simpática, de sorriso claro: Cecília.

Era o comando Vespas Suicidas entrando em ação.

— Então já sabe, Tinho. Você e a Cecília ficam na frente do portão, perto da campainha. Eu e o Carneiro entramos na casa. Qualquer problema, você aciona três vezes a campainha.

Minha missão era a melhor possível: ficar em frente à casa onde estava instalada a construtora, encostado ao portão, fingindo que namorava a Cecília — era uma ótima. Não poderia haver missão mais fácil de ser cumprida. Eu havia insistido em entrar no escritório, mas Eduardo e Carneiro quiseram assumir a responsabilidade. Eduardo, por ser o responsável pelo Mo*vida*paz e o Carneiro, por ser dono da proposta da visita.

Fomos andando devagar, sem preocupação, dando a ideia de que éramos quatro pessoas sem nenhum compromisso importante.

Paramos em frente à Favos de Mel e, sem que ninguém percebesse — mesmo porque a rua estava deserta — o Eduardo e o Carneiro pularam a cerca que circundava o jardim. Em pouco tempo, a porta era aberta e os dois, rapidamente, sumiram de vista.

Encostei-me à cerca, perto da campainha, e Cecília se aproximou. Meio sem jeito, tomei suas mãos entre as minhas, como se fôssemos namorados. Um leve tremor nos unia naquele momento. Não sei se pela ousadia da missão secreta; para ser honesto, acho que era mais por ser a primeira vez que estávamos assim, pertinho um do outro, a geografia do seu corpo fazendo parte da minha história.

— Que calor, né? — ela falou.

— É mesmo, Cecília! — respondi, também sem saber o que dizer.

— Tinho, posso pedir um favor?

— Qual, Cecília?

— Não me chame mais de Cecília, tá? Me chame de Ciça. É mais íntimo...

Realmente, era mais íntimo e soava melhor.

Não se passou muito tempo, escutamos um barulho forte vindo lá de dentro da construtora.

— O que será que está acontecendo? — fiquei preocupado.

— Será que eles foram descobertos? — Ciça aproximou-se mais de mim, querendo proteção.

— Vamos esperar. Nessas horas é preciso manter o sangue-frio...

— Eu também acho. Só que estou suando, Tinho. Veja minhas mãos como tremem — e Ciça mostrou-me suas mãos bem-feitas.

Lá dentro, tudo voltou à calma.

— Com certeza, devem ter tropeçado em alguma coisa... Mas eles estão demorando, não? — Ciça estava impaciente.

— Por mim, eles podem demorar o tempo que quiserem. Eu estou muito bem acompanhado... — sorri, demonstrando segurança.

Não demorou muito, os dois apareceram junto ao portão.

— Vamos embora, pessoal. Conseguimos as provas que queríamos... — Eduardo e Carneiro exultavam.

Com o carro em movimento, Carneiro mostrou as fotocópias que ele e Eduardo haviam conseguido.

— Que barulheira foi aquela? — perguntei, já quando nos afastávamos da construtora.

— O telefone tocou e o Carneiro se assustou, pensando que fosse um alarme.

Já com o carro em movimento, Carneiro nos mostrava o que haviam conseguido.

— Mas é fantástico! Como vocês conseguiram estas fotocópias?

— Nós achamos as cópias na sala de projetos. Aproveitamos que lá tinha uma máquina de fotocópias e reproduzimos, deixando as originais lá.

— Como você pode ver, Tinho — Eduardo festejava o sucesso da visita —, a Favos de Mel pretende fazer grandes edifícios residenciais, ocupando toda a área dos terrenos do Beco.

— Então, Eduardo, já temos provas suficientes para colocar o Abelhinhas na cadeia... — concluí, eufórico.

— Amanhã cedo eu irei procurar o delegado. Cecília, você avisa à irmã Valentina que eu não vou dar aula. Depois, eu só teria uma aula com o pessoal da oitava D. Mas não diga nada sobre o que descobrimos. Acho bom guardarmos segredo de nossas descobertas.

— Tudo bem, Eduardo. Eu guardo segredo. Não vai ser fácil, mas guardo.

NA PISTA DE DOIS SUSPEITOS

No dia seguinte, eu não esperava que Eduardo voltasse tão cedo. Como já era quase um costume, eu estava na biblioteca da escola, onde passava as horas lendo.

Era quase hora do intervalo. Estava lendo *O Mistério do Cinco Estrelas*, uma história muito legal do Marcos Rey, quando Eduardo entrou.

Eu estava tão absorto na leitura das aventuras do Leo que nem percebi a aproximação silenciosa do professor.

— Tinho!

Levei um susto.

— Eduardo, já de volta? — perguntei, fechando o livro, pedindo que ele se sentasse, mas estranhando o seu jeito calado.

— Tinho, as novidades não são boas...
— Não?
— Não!
— Você falou com o delegado?
— Falei, mas não obtive muito sucesso.
— Por quê?
— Fotocópias não são provas de nada...

O sinal do intervalo acabava de bater. Eduardo preferiu esperar a Ciça, a Léa, a Graziela, o André, o Marcelo e o Carneiro — os elementos do Mo*vida*paz que estudavam no Santa Inês — para fazer um relatório completo da sua ida à delegacia.

— E aí, Edu? — perguntou Carneiro, o grupo já formado.

— Aí que eu quase fico preso...

— Mas como? — Léa irritou-se, imaginando seu professor preferido atrás das grades, algemado, barba por fazer, fisionomia mofada.

— O doutor Wladimir, o delegado, já estava muito mal-humorado porque, ontem à noite, eles prenderam dois tipos suspeitos, mas, por falta de provas, tiveram que soltá-los.

— Aí você falou com o delegado e o que ele disse? — perguntei, interessado em saber a resposta.

— Ele disse que nós precisamos parar de brincar de detetive. Ele é tio da Anna Beatriz, do terceiro colegial. Disse que conhece as propostas do Mo*vida*paz e até apoia. Mas foi claro: fotocópia de plantas não são provas suficientes para prender ninguém. Disse também que a Favos de Mel tem toda liberdade para projetar o que quiser, até mesmo pensando no terreno onde está a delegacia. Isso não quer dizer que, do dia para a noite, vão derrubar a delegacia para construir um edifício. E disse mais: "se eu prender o doutor Abelhinhas, no momento seguinte ele pedirá a prisão de vocês, por invasão de domicílio..."

— Hi, mas que enrascada! — Ciça mordeu os lábios.

— Pô, mas ele nem ficou de investigar? — perguntou Carneiro, inconformado.

— Ficou, mas parece que eu não o convenci. Mesmo porque ele estava mais preocupado com os dois suspeitos. Ele disse que precisamos de provas mais concretas, antes de mais nada. E tomar cuidado para não espantar a caça.

— Eduardo, você falou que eles prenderam dois suspeitos? Suspeitos de quê? — Marcelo quis saber.

— É. Os dois tipos são suspeitos de terem violado túmulos de cemitérios nas cidades vizinhas...

— Túmulos? — gritei, para espanto de todos. — Então são eles, Eduardo!

— Eles quem?

— Eles, ora! — eu mal conseguia falar, espantado com a descoberta inesperada dos dois.

Rapidamente, contei ao grupo que os ladrões dos barbeiros também violaram túmulos, na noite anterior à do roubo e do meu sequestro.

— Se são eles, está fácil. É só voltar à delegacia, falar com o delegado e pronto.

— Provas, Marcelo. Precisamos de provas — colocou André.

— Tem razão, André — retomou o professor. — Os dois já estão soltos por falta de provas. Nós não temos prova nenhuma, apenas o palpite do Tinho. E depois, o Tinho também é procurado pela polícia...

— Droga de vida! — exclamei com raiva, impotente diante da situação. — Mas conte detalhes, Eduardo. Você viu os dois? Viu alguma coisa que pode nos ajudar?

— Eu os vi saindo com o advogado.

— E daí? Como eram eles, como era esse advogado? Nomes, detalhes, alguma característica que chamou a atenção... Tente lembrar-se.

— Esperem um pouco... — e Eduardo assumiu ares de quem está se lembrando de um detalhe importante.

— Eu me lembro que o doutor Wladimir citou alguma coisa sobre a Buraconcrex... É isso mesmo! O advogado dos suspeitos é o mesmo da Buraconcrex...

— Buraconcrex? O que é isso?

— Você não faz a mínima ideia, Tinho? — e Eduardo sorriu gostoso, já sabendo que suas revelações iriam deixar-nos boquiabertos.

— Não.

— É uma firma de sondagens e construções.

— Construções? — perguntamos todos nós ao mesmo tempo, como se estivesse combinado.

— Então... Então... — gaguejei.

— Então nós estamos no caminho certo. Acompanhem o meu raciocínio — pediu Eduardo. — A Buraconcrex contratou os dois para roubarem os barbeiros, certo?

— Certo.

— E deve ter contratado para outros servicinhos no mesmo estilo, certo?

— Certo.

— Os dois foram presos violando túmulos, certo?

— Certo.

— Não é nada interessante para a Buraconcrex que eles fossem interrogados. Aliás, é até perigoso, certo?

— Certo.

— Daí, a construtora mandou o advogado tirá-los da cadeia, imediatamente. Como não foram presos em flagrante, o delegado não teve outra alternativa a não ser soltá-los...

— E agora, o que vamos fazer? — perguntou Léa, ainda admirada pelo raciocínio brilhante do professor.

— Não vamos fazer nada por enquanto, Léa. À tarde, eu vou novamente à delegacia, conversar com o doutor Wladimir. Com esses novos detalhes, espero que ele nos ajude. Vocês não tomem nenhuma iniciativa, entenderam? Se estamos certos — e acho que sim — a Buraconcrex é um ninho de cobras venenosas. Precisamos ter cuidado.

À PROCURA DE UM BANDIDÃO DE BANGUE-BANGUE ITALIANO

Nem bem Eduardo saiu da biblioteca, Ciça pediu que eu ficasse. Antes que o sinal batesse, ela cochichou:

— Tinho, você está pensando o mesmo que eu?

— Se você pensa em fazer uma visitinha cordial à Buraconcrex, estou.

— Ótimo! Grazi, Léa, esperem um pouco! — Ciça chamou as meninas, que iam saindo também.

— Acho que, indo lá, nós conseguiremos dados mais concretos. Se o delegado quer provas — eu disse —, vamos buscá-las. Vocês topam?

À tarde, enquanto Eduardo ia à delegacia, sem que ele soubesse fomos entrevistar o doutor Francisco Mustarela, o dono da Buraconcrex. A desculpa, a de sempre: o trabalho de Geografia, Ribeirânia no ano dois mil...

— O doutor Mussarela está? — Ciça, de propósito, errou o nome do engenheiro.

Antes que a recepcionista percebesse a ironia, Léa consertou:

— O doutor Mustarela, por favor! Nós somos do Colégio Santa Inês e temos uma entrevista marcada com ele.

— Um momentinho que eu vou ligar para ele — a recepcionista atendeu-nos, pegando o interfone, para logo depois dizer: — Podem entrar, ele está à espera de vocês.

Embora já "escolada" em situação semelhante, eu tremia bastante. As meninas também não estavam tão confiantes assim. Dessa vez, tínhamos quase certeza, estávamos para nos defrontar com o responsável por todas as desgraças que o pessoal do Beco havia sofrido.

Quando entramos no escritório do doutor Mustarela, uma surpresa. Não encontramos nenhum bandidão de bangue-bangue italiano, todo empoeirado, barba por fazer, mascando fumo e cuspindo de lado, como eu imaginara. Nada disso. Atrás da grande mesa de executivo, um senhor bem vestido, de olhos azuis, cabelos grisalhos, aparentando uns cinquenta anos, nos sorriu uma fisionomia paternal.

— Mas que alegria receber jovens tão bonitas em meu escritório! — adiantou-se ele. — Geralmente, só recebo homens preocupados com negócios... Vamos nos sentar, por favor!

Essa acolhida calorosa nos deixou "desarmadas". "Sentada" na poltrona que ele indicou, fiquei admirando a decoração do escritório, enquanto Ciça ia falando sobre Ribeirânia no ano dois mil, o trabalho de Geografia, etecétera e tal...

Pelas paredes, distribuíam-se bonitos quadros, que davam um toque muito elegante à sala. Mas o que me deixou "intrigada" foi o enorme pôster à minha frente: a foto de uma das pirâmides do Egito.

Fiquei olhando para o pôster, tentando adivinhar por que aquele detalhe da decoração da sala mexera comigo. Não saberia explicar o porquê, mas tive medo. Aquilo estava relacionado a alguma coisa que me metia medo e pavor.

— Walda, você aceita? — Léa e Graziela me cutucavam.

Como estivesse "absorta", não sabia o que deveria aceitar.

— Mas que alegria receber jovens tão bonitas em meu escritório!

— Aceita um café? — o doutor voltou a perguntar, notando que eu estivera observando atentamente o pôster.

Fiz que sim com a cabeça, evitando falar. Ele, então, pelo telefone, pediu os cafés. Enquanto esperávamos, aproveitou para falar das pirâmides.

— Imagino o porquê do seu espanto, menina. Você está diante da foto da Grande Pirâmide, um monumento de mais de 130 metros de altura... — e o doutor Mustarela apontou o pôster.

— Tudo isso, doutor?! — exclamou Graziela, sabendo que demonstrar interesse é a melhor psicologia para ganhar a simpatia de alguém.

— Exatamente. É o mesmo que um prédio de quarenta e quatro andares, meninas. São dois milhões e trezentos mil metros cúbicos de blocos de pedra, simetricamente colocados uns sobre os outros. A base da Grande Pirâmide é equivalente a dois campos de futebol e, se o volume dela fosse de pedra britada, daria para fazer uma estrada de cinco metros e meio de largura, trinta centímetros de espessura, indo de Roraima a Porto Alegre.

— Puxa vida! — Léa ficou admirada.

— Mas para que esse trabalhão todo, doutor? — Ciça seguia a política de Graziela, dando mais corda.

— E isso foi feito há mais de quatro mil anos; ou seja, mais de qua-ren-ta sé-cu-los... — doutor Mustarela fez questão de enfatizar, conferindo o nosso olhar espantado. — Dizem que ela foi construída por Quéops, e que era o seu túmulo. Mas as outras pirâmides, as de Quéfren e Miquerinos e as outras setenta que existem no Egito, não chegam aos pés desta. São simples cópias malfeitas. Na verdade, os cientistas acham que a Grande Pirâmide não foi feita por mãos humanas... Mas aí está o cafezinho — doutor Mustarela ofereceu, ao ver a copeira entrando na sala.

Quando Ciça retomou o assunto da nossa pesquisa, fomos "interrompidas" por alguém que queria falar com o doutor.

De costas para a porta, não vi quem entrava. Mas ao escutar uma voz rouca e nervosa, não foi preciso mais nada. Eu estava a dois ou três passos do chefão que me prendera e comandara o Projeto Pirâmides.

Projeto Pirâmides? Então tudo se encaixava agora. Por isso o pôster me intrigara tanto...

Comecei a suar frio, com medo. Mas logo me controlei. A maquiagem feita pela Ciça e pela Léa disfarçava bastante.

O chefão não demorou muito na sala. Chamou o doutor Mustarela em particular e cochicharam alguns minutos. Quando ele saiu, escutei o doutor dizer: "Diga aos dois para não se preocuparem. Eles terão cobertura".

Ao sairmos da Buraconcrex, Ciça percebeu que eu estava diferente.

— Tinho, tudo bem?

— Meninas, não há dúvida de que são eles — respondi, ainda trêmulo.

— Tem certeza, Tinho? — perguntou Léa.

— Certeza absoluta. Aquele sujeito que entrou na sala é o mesmo que comandou a minha prisão.

— Então, vamos à polícia. . . — adiantou-se Graziela.

— Nada disso. Vamos direto para o Santa Inês, aguardar o Eduardo. Tinho precisa estar seguro — ponderou Ciça. — Vamos ver o que o Eduardo conseguiu na delegacia.

AS DEZ PRAGAS DO EGITO

— Consegui ganhar o delegado. Ele se interessou pelos novos detalhes e passou um telex para São Paulo. Em pouco tempo, tivemos a ficha do doutor Francisco Mustarela — relatou Eduardo.

— E aí? — perguntaram André, Carneiro e Marcelo, que já nos esperavam no colégio.

— O homem é perigoso. Vocês não sabem o risco que correram.

— Ele até me pareceu bem paternal, um verdadeiro pai — Ciça gozou.

— Paternal uma ova, Ciça! — Eduardo interrompeu, irritado. — Ele é perigosíssimo.

— Dá a ficha dele — pedimos.

— Bem. Pelo telex, ficamos sabendo que, na década de cinquenta, no tempo em que serviu no Exército, ele foi para Suez, no Egito, época em que a ONU tinha tropas aquarteladas para conter a briga entre egípcios e judeus. Mas ele foi preso por tentar roubar um objeto valiosíssimo do Museu do Cairo: a múmia de Ramsés II, o faraó do tempo de Moisés, o mesmo das pragas enviadas por Deus para libertar o povo hebreu...

— Pragas? — repeti, certo de que aquela palavra me era familiar.

E na minha cabeça, por um segundo, houve uma confusão de imagens: a minha prisão, as pirâmides, faraós, o chefão de voz rouca, Egito, seus palermas, múmias, faraós, meus gritos de desespero, é isso aí, amizade, o que vamos fazer com ele, cara, a Kombi rodando, os vidros cheios de barbeiros, a praga, a praga, a praga...

— Praga? — gritei bem alto, meio transtornado, como se saísse de um pesadelo.

— O que foi, Tinho? — todos me olharam.

— Quando eles me prenderam, também falaram em pragas. Praga dos barbeiros. É isso, gente! Agora tudo começa a ficar claro.

— E daí, Tinho? — Marcelo queria entender onde eu queria chegar.

— Eu sei onde você chegou, Tinho — disse Eduardo. — Acalme-se. Léa, corre lá na biblioteca e pede para a Elza uma Bíblia. Mas que tenha o Antigo Testamento — ordenou Eduardo.

— Bíblia? — Léa espantou-se.

— É, uma Bíblia. Bíblia completa. Não é só o Novo Testamento, não.

Léa foi num pé e voltou noutro.

— Tinho — Eduardo me pediu, enquanto folheava a Bíblia com intimidade —, aqui está. Leia aqui no livro do Êxodo, capítulo sete.

Li e o que li me deixou estarrecido.

— Meu Deus do Céu! — exclamei, assim que li um pedacinho. — Sei que vocês não vão acreditar, mas agora eu começo a montar este difícil quebra-cabeça. Pensando um pouco...

— O que foi, Tinho? — Marcelo quis saber.

— É impossível — comecei a gaguejar.

— Impossível o quê? — André também exigia explicações.

— Aqui está falando da primeira praga que Deus mandou ao faraó, para deixar que os hebreus, comandados por Moisés, saíssem do Egito.

— E então?

— A primeira praga fala que as águas tornaram-se em sangue...

— E daí? — André voltou a perguntar, sem entender nada.

— Daí que eu acabo de descobrir...

Não consegui dizer o resto. Lutei para ser forte e não explodir em lágrimas.

— Diga, Tinho.

— Assassino! — explodi, fora de mim. — Ele é o assassino de meu pai...

— Calma, Tinho. Mantenha a calma — pediu Eduardo. — Se a sua suspeita for real, você vai descobrir coisas realmente terríveis agora.

— Está aqui, Eduardo. Eu acabei de ler... — consegui dizer, suando frio, arrepiado.

— Continue, Tinho. Seja forte e continue.

— Não faz muito tempo — continuei, aos pedaços, a alma em frangalhos — também as águas do riacho da Onça, que passa atrás do Beco, ficaram em sangue. Foi quando mataram e esquartejaram meu pai...

No Beco, jamais se pensara na relação entre as desgraças lá ocorridas e as pragas do Egito; nem mesmo padre Bernardo. Mas agora, ali, lendo aquelas passagens bíblicas, eu via que existia muita coisa em comum. Continuando a ler, percebi que as pragas mandadas contra o faraó tinham muita semelhança com as que sofremos.

— Aqui fala na praga das rãs, a segunda delas. Lá no Beco nós tivemos a mesma praga, só que traduzida na versão moderna das ratazanas, que invadiram casebres e barracos, famintas e devoradoras...

Todos me escutavam em silêncio. Fazendo das tripas coração, eu continuei:

— Aqui fala da praga das moscas, dos piolhos, da morte de animais, da praga de feridas... Isso tudo sempre acontece lá, por causa da sujeira e da imundície por não termos esgotos, já que a Prefeitura não coloca, porque os terrenos não estão registrados...

— E as outras?

— As outras estão aqui: chuva de pedras e a praga dos gafanhotos. Querem mais pedradas do que levamos dos moradores da cidade? Só o fato de chamarem o Beco de Favelão, desprezando o povo de lá, isso já é uma pedrada, a menor delas. Aqui fala também dos gafanhotos, que, traduzindo, temos a praga dos barbeiros. Fala também das trevas. Mais trevas do que vivemos, principalmente eu, sem ter uma luz que clareie, que ilumine toda esta mentira que jogaram em cima de mim?

Quando li a última praga não aguentei. Sem poder me conter, levantei-me. Antes de sair da sala, ainda falei, soluçando:

— A última praga, leiam vocês. Só quero dizer que sou o filho mais velho lá de casa...

A última praga era a da morte dos primogênitos, os filhos mais velhos. Eu acabava de descobrir, assim, que meus dias estavam contados. Se os moradores do Beco não cedessem, não amolecessem os corações, como diz a Bíblia, nós, os filhos mais velhos, seríamos sacrificados, mortos.

Saindo do salão onde estávamos reunidos, fui para a capela do colégio. Lá eu podia chorar à vontade, sem medo e vergonha dos outros. Lá eu me sentia mais protegido, amparado.

Não demorou muito, escutei o barulho de passos abafados. Parei de chorar, me controlando. Não queria mostrar fraqueza. Sabia que era a Ciça. Lembrei-me de suas palavras: "deixe de ser maricas e lute".

Enxugando os olhos na fralda da camisa, procurei esconder que havia chorado pra valer.

— Oi! — ela aproximou-se devagar, como se pedisse perdão por estar atrapalhando. — Posso sentar-me a seu lado?

Fiz que sim com a cabeça.

— Tinho, a gente está com você nessa — disse ela, ao sentar-se a meu lado, meio sem jeito.

— Ciça, posso dizer uma coisa? — falei, ainda com a voz trêmula.

— Diga, Tinho — e ela me olhou nos olhos.

— Eu não quero que você tenha dó de mim, sabe?

— Tinho, posso dizer uma coisa a você também?

— Pode — eu disse, também olhando em seus olhos.

— Eu não tenho dó de você. Não sei se você sente o mesmo que eu sinto por você, mas não é dó. Eu não sei definir, mas...

— Eu também sinto um carinho muito grande por você, Ciça. Quando estou perto de você, como agora, assim sozinhos, eu me sinto em paz.

— É isso, Tinho. Eu também...

— Ciça — eu disse, tomando coragem e segurando suas mãos. — Eu queria dizer uma coisa importante, que está aqui dentro de mim faz tempo...

— O que é? Fale!

— Antes que a décima praga aconteça, eu quero dizer que estou gostando de você...

— Quer saber de uma coisa, Tinho? — Ciça tinha as mãos trêmulas. — O mesmo está acontecendo comigo. No começo, quando começamos a investigar isso tudo, eu achava que era só porque era preciso ajudar alguém. Mas agora, tenho certeza que é...

— Um friozinho gostoso na barriga?

— Como você sabe?

— Eu também sinto o mesmo.

— É isso: uma sensação estranha...

Soltando suas mãos e segurando seu rosto, eu perguntei:

— Posso?

— Mas aqui na capela? — disse ela, sabendo que eu tinha intenção de selar nosso compromisso com um beijo.

— E por que não? Não é aqui que as pessoas se casam, jurando eterno amor?

— Você tem razão. Não há melhor lugar do que na presença de Deus para dizer que se ama, não?

— Posso? — voltei a perguntar, sabendo qual seria a resposta.

— Deve — disse ela, fechando os olhos.

Foi o primeiro beijo de amor que eu dava em uma garota. Foi um beijo calmo, gostoso, puro, sem a sensação de que era algo roubado, proibido. Havia entrega, desprendimento, bem-querença.

— Hei, Ciça, Tinho! Estamos esperando vocês para decidirmos o que fazer... — André, muito abelhudo, veio interromper, deixando-nos sem graça.

Voltando à reunião, decidimos que, no dia seguinte, Eduardo iria à procura do doutor Wladimir, contar os desdobramentos de nossas investigações.

Doutor Wladimir, muito cauteloso, achava que ainda não havia provas suficientes para prender o dono da Buraconcrex:

— Não podemos deixar nenhuma porta aberta, professor Eduardo. É preciso pensarmos em tudo para que este salafrário não escape...

— Doutor Wladimir, e se eu disser que tenho uma testemunha-chave, alguém muito importante nesta história toda? — Eduardo tentava convencer o delegado a agir imediatamente.

— Quem?

— Walter da Silva, o rapaz que está sendo procurado como cúmplice no caso dos barbeiros...

— Você sabe onde ele está? — o delegado se interessou, quando escutou meu nome.

— Digamos que um passarinho verde entrou pela minha janela e me contou sobre o paradeiro dele...

— Bem, aí as coisas mudam muito, professor. Se prendermos o Barba e o Zuquim — assim se chamavam o *amizade* e o motorista —, obtendo a confissão deles, o depoimento do rapaz e mais a ficha nada limpa do doutor Mustarela, já temos indícios bem consistentes...

Prender os dois malandros não foi difícil. Eduardo disse que, no começo, eles negaram tudo. Mas diante das informações que o delegado tinha, através do depoimento de Eduardo, acabaram confessando. Continuar negando seria tolice.

De posse da confissão dos dois, o doutor Wladimir decidiu prender o dono da Buraconcrex.

UM BAFO DE MÚMIA ESCLARECE MUITA COISA

À noite, como havíamos combinado, a presença na reunião do Mo*vida*paz foi maciça.

Ansiosos, aguardávamos a chegada de Eduardo. Ele deveria trazer boas notícias sobre a prisão do doutor Mustarela.

Mais ansioso que todo mundo, eu aguardava impaciente. "Será que a polícia conseguira prender o dono da Buraconcrex?", eu pensava. "Será que, finalmente, eu estarei livre desse pesadelo de viver fugindo, viver tentando provar minha inocência?"

— Tinho, pare de roer as unhas! — Ciça pediu, achando graça do meu nervosismo. — Tenho certeza que vai dar tudo certo...

— O Eduardo está chegando, turma — Léa veio correndo da rua, entrando que nem um foguete na portaria do

Santa Inês, feliz da vida por ver seu professor preferido são e salvo.

Meu coração começou a bater disparado. E se ele atravessasse a porta, cabisbaixo, dizendo que não conseguiram nada?

— Conseguimos, Tinho! Conseguimos! — Eduardo, para minha alegria, entrou eufórico, bem diferente do professor comedido e calmo.

— Quer dizer que... — balbuciei, com vontade de gritar, mas com medo de me arrepender depois. Eu queria primeiro ter certeza de que estava tudo muito certo, antes de explodir em contentamento.

— Quer dizer que Mustarela está atrás das grades e você foi considerado inocente.

— Eu... estou...

— I-no-cen-te! Você é inocente... — Eduardo tentava me convencer.

— Acorda, cara! — Marcelo me sacudiu.

— Isso mesmo, Tinho. Acorde... — Eduardo sorria. — Você está livre... Li-vre! Repita comigo, vamos!

— Li...

— Li-vre!

— Li-vre! Li-vre! Livre! Livre! Livre! — e saí correndo pelo corredor, pulando, socando o ar e gritando forte: — Livre! Eu estou livre! Livre!

Já mais calmo, todos os que estavam na portaria vieram me abraçar: Carneiro, Marcelo, Graziela, Léa, André, irmã Valentina, irmã Clarice e uma garota de sorriso claro: Cecília Chaguri, minha doce Ciça.

Terminados os abraços, descemos para o salão Dom Bosco, onde o resto do pessoal nos aguardava.

Comandados pela irmã Maria Isabel, o pessoal nos recebeu com uma vibrante salva de palmas.

Eduardo assumiu a mesa dos trabalhos e abriu a sessão:

— Bem, meus queridos. Hoje, foi um dia de muita correria, muita emoção. Finalmente, o Mo*vida*paz conseguiu desfazer uma grande injustiça que estava sendo cometida. Conseguimos prender o doutor Mustarela e seus capangas e provar que o Tinho era realmente inocente...

A meu lado, Ciça cochichou no meu ouvido:

— Mas que novidade, não?

Carneiro interrompeu Eduardo e pediu:

Tinho saiu pulando pelo corredor gritando forte:
— Livre! Eu estou livre! Livre!

— Conta para nós como foi, Edu?

— Bem, eu fiquei muito surpreso quando o delegado me convidou a acompanhá-lo. Eu nunca tinha visto ninguém ser preso. Então, o doutor Wladimir me disse: "É sempre a mesma coisa, professor. Primeiro, o acusado jura que está havendo engano. Depois, quando sente que estamos de posse de todos os detalhes, jura inocência. Quando colocamos as algemas, dá até dó ver o semblante de piedade que eles lançam ao mundo. . ."

— E aí? Quando vocês chegaram lá, como foi? Ele quis sair correndo? — perguntou Carneiro.

Léa, a meu lado, imaginava o Eduardo vestido de Homem Aranha, irrompendo no escritório do dono da Buraconcrex, pela janela. Olhei para ela. Os olhinhos dela estavam vidrados, como se estivessem cheios de teias.

— Que nada! Ele recebeu-nos muito bem, como recebeu as meninas — Eduardo prosseguia contando.

— Com o mesmo ar paternal? — Graziela quis saber.

— Do mesmo jeito: abrindo os braços, vindo em nossa direção, como se fôssemos clientes muito importantes.

— E depois?

— O delegado foi direto ao assunto: "Doutor Mustarela, viemos prendê-lo". Aí vocês já sabem. Ele sorriu paternalmente, como se houvesse mesmo um grande engano. O delegado, então, refrescando a memória dele, começou a contar tudo o que sabia: o Exército em Suez, a tentativa de roubo da múmia do Ramsés, a briga com os guardas do museu, a expulsão do Exército, sua vida de roubos e más ações, até chegar a Ribeirânia. O resto vocês já sabem: o interesse dele pelos terrenos do Beco, como as outras construtoras, a contratação do Barba e do Zuquim para assassinarem o pai do Tinho e para roubarem os barbeiros, pressionando o pessoal do Beco, prejudicando também a doutora Rosângela Conceição. E tem um dado novo que vocês desconhecem.

— Qual?

— Ele não só prejudicou a doutora, mas também acertou a carreira universitária de seu filho. . .

— Vai devagar, Eduardo — pediu Marcelo. — Além de prejudicar a doutora. . .

— Além disso, ele ajudou o filho dele, que é médico, a obter o lugar da doutora. Com a destruição de sua pesquisa, ela não obteve os pontos necessários para assumir o cargo na Faculdade. . .

— Mas que sacana, hein?

— Uma coisa que eu não entendo, Eduardo, é a ligação com as pragas. . . — Carneiro estava pensativo. — Por que ele fez isso?

— No depoimento que ele prestou, já na delegacia, ficou bem explicado este ponto. É o seguinte: o Ramsés II — faraó do tempo de Moisés que viveu por volta de 1200 anos antes de Cristo — foi um grande construtor, um grande engenheiro, vamos dizer assim. Ele reinou por 67 anos, morrendo aos 83. Muito dinâmico, mandou construir templos gigantescos: o templo em Carnac, que é uma monstruosidade exuberante; o templo em Luxor e em Amom. Além disso, construiu o templo de Abou-Simbel e um importante templo funerário, o Ramesseum. Isso, sem falar na cidade de Pi-Ramsés, onde os hebreus viviam como escravos. Mas também ele era muito ganancioso. Tão ganancioso que roubava as construções dos outros. . .

— Como assim?

— Ele mandava colocar o selo dele em outras construções, feitas por seus antepassados. . .

— Igualzinho ao Mustarela roubando o terreno dos outros — Léa opinou interessada.

— É, ele foi bafejado pelo espírito construtor do Ramsés. . . — Marcelo aparteou.

— Ele foi bafejado é pela múmia deste tal de faraó — Ciça gracejou, muito espirituosa. E vocês já imaginaram uma baforada de mais de três mil e duzentos anos?

Foi aquela gargalhada geral. Depois, sério, Eduardo continuou:

— O Mustarela foi mesmo "bafejado" pela arquitetura e pela personalidade de Ramsés e, de certa forma, assumiu o grande construtor que foi o faraó. Como Ramsés sofreu as pragas enviadas por Deus, ele também achou de usá-las contra os hebreus modernos, os moradores do Beco do Deus-me-livre. E sabem o que ele iria construir nos terrenos do Beco? — Eduardo perguntou, fazendo suspense.

Ninguém sabia.

— O delegado acabou conseguindo os projetos já em andamento. Ele iria construir A HABITAÇÃO DOS FA-

RAÓS, um conjunto de três edifícios enormes: Quéops, Quéfren e Miquerinos.

— Enormes, mas com apartamentos deste tamanhinho, né? — Carneiro juntou o polegar e o indicador da mão direita.

— Exatamente, Carneiro. Apartamentos bem pequenininhos, mais apertados do que caixinhas de fósforos. Assim ele lucraria o máximo...

— Se os faraós faziam um monumento mortuário enorme, as pirâmides, só para enterrarem suas múmias, os faraós modernos fazem um monumento do mesmo tamanho, mas para enterrarem centenas de pessoas em habitações sem o mínimo conforto... — Carneiro filosofou brilhantemente.

— É a chamada especulação imobiliária, disfarçada em explosão demográfica. Com a desculpa de que não há moradias para todos, os poderosos ditam a regra, engaiolando o povo em apertamentos, em vez de apartamentos — Eduardo continuou.

— É a crise. Fé nela e pau na gente... — desabafei.

— Mas que sujeito sacana, hein? — André esmurrou a mesa. — Isso sem contar que, para implantar seu projeto, para atingir seus objetivos, ele se tornou um assassino frio, sanguinário e calculista. Para elementos como ele, não existem pessoas, seres humanos, pessoas feitas à imagem e semelhança de Deus. Para ele, só existe o seu egoísmo como centro do mundo. Ainda bem que conseguimos botá-lo atrás das grades...

— Realmente, pessoal — concluiu Eduardo, encerrando a reunião. — Pelo menos desta vez, o fraco e oprimido conseguiu vencer. E venceu porque nós ficamos unidos, sem esmorecer. Isto é o importante: a união na ação.

PIQUENIQUE NA CAMA

Naquela noite, ainda dormi no Santa Inês. Como não tivesse sono, fiquei perambulando pelos corredores, me despedindo daquele espaço tão protetor, tão acolhedor. Depois, fui até a capela, agradecer a Deus a força que ele havia me dado para suportar aquelas provações.

Eu estava ali, quietinho, conversando com Deus, quando irmã Valentina entrou na capela.

— Meu anjo, ainda em pé? — disse ela, aproximando-se.

Sorri sem jeito. Ela sentou-se ao meu lado.

— Tranquilo agora?

— Tranquilo e contente, irmã. Muito contente.

— Então, amanhã, você volta para casa!

— Volto, mas antes eu preciso ir à delegacia, prestar depoimento...

— O Eduardo me falou sobre isso...

— Irmã, eu queria aproveitar para agradecer a confiança que vocês tiveram em mim. Se não fosse a ajuda de vocês, eu não sei o que seria de mim. Eu não sei o que faria da minha vida...

— Não tem nada o que agradecer, meu anjo. Fizemos o que era necessário: dar tempo para que você provasse sua inocência. E se você tem que agradecer, agradeça a Deus...

— Já agradeci, irmã.

— Então, que tal irmos dormir? Já está tarde e amanhã você vai ter um dia bastante agitado também...

— Tem razão, irmã...

Pela manhã, quando abri os olhos, fiquei espantado. Irmã Clarice e irmã Maria Isabel acabavam de entrar no quarto, com uma bandeja cheia de frutas, café com leite e pão com manteiga.

— Seu dorminhoco! Já que o senhor não se levantou para dar o ar da graça no refeitório, viemos trazer o seu café — irmã Clarice sorriu.

— Mas isso é um banquete, irmã! — respondi, desconcertado, vendo tanto desprendimento por parte delas.

— Você tem razão, Tinho. Portanto, banqueteie-se! — irmã Maria Isabel completou, sorrindo.

Só pude responder com uma frase:

— Irmãs, muito obrigado!

Quando elas iam saindo do quarto, Eduardo entrou:

— Uai, piquenique, é? — ele espantou-se.

— Entre, Eduardo. Veja só você, as irmãs me serviram café na cama...

— Vista-se logo, Tinho. Eu vou levá-lo à delegacia para você prestar depoimento. E, depois, nós iremos para o Beco.

— Tô com vontade de ir embora, não! Com essa mordomia toda...

— Vamos lá, seu preguiçoso! — Eduardo afastou minhas cobertas. — À luta!

— Você não vai dar aula hoje?

— Hoje, não. Em vez de dar aula de História, hoje eu vou fazer história. Vamos embora!

SENADOR ENGOLE RECIBO

Depois que prestei depoimento na delegacia, fomos para o Beco. Ao chegarmos, não consegui entender o que estava acontecendo: caminhões da Prefeitura, carregados de mudança, um clima de retirada...

— O que houve, padre Bernardo? — perguntei, logo que o vi.

— Tinho, que bom que você veio logo — ele me abraçou, contente por saber que o meu pesadelo terminara. — Eu já estava para ir buscá-lo. Eu e o senador Genoca já tínhamos perdido a batalha. A grande maioria está querendo desistir da reconstrução, indo de vez para o Quinta Face. Houve votação e a proposta do êxodo venceu.

— Chame o senador e o povão, padre. Eu espero os manda-chuvas lá na vendinha de seu Licurguinho...

— Tomara que eles escutem você, Tinho!

Vieram de má vontade. Não queriam conversar com quem estava banido e condenado por eles.

— Parem com as mudanças, meu povo. Vamos ver o que o Tinho tem a dizer — o senador ordenou e eles obedeceram, contrariados.

— O que eu tenho a dizer — fui logo falando, vendo que a maioria já estava reunida na vendinha de seu Licurguinho — é que ninguém deve abandonar o Beco. De hoje em diante, a paz vai reinar por aqui. Ontem de tardezinha, a polícia prendeu quem mandou matar o meu pai, quem inventou a praga das ratazanas, quem me implicou na praga dos barbeiros, quem me prendeu e jogou os barbeiros no Beco, causando a destruição de tudo por aqui. Quem fez isso tudo foi o doutor Mustarela, dono da Buraconcrex...

— Deixa de conversa mole, seu papudo. Prove isso já ou a gente continua a mudança — gritou Pedrão, da porta da vendinha.

— Eu provo sim, seu malandro. E eu só consegui provar, porque muitas pessoas me ajudaram. O professor Eduardo, aqui presente, é do grupo Luta Mo*vida*paz. Enquanto vocês me condenavam sem provas, me botando na Galeria dos Indesejados, eles me deram cobertura, descobrindo isso tudo que eu acabo de falar...

— É verdade, sim — Eduardo interferiu, me ajudando. — Tinho foi envolvido em uma trama sórdida, imunda. Ele nunca teve culpa de nada. Se vocês forem hoje para o Quinta Face, é justamente isso que o doutor Mustarela e o prefeito da cidade querem: o doutor queria o caminho livre para tomar posse do que é de vocês. O prefeito aproveita o caminho livre para mandar construir uma linda avenida por aqui. É certo que o dono da Buraconcrex já está na cadeia, mas estes terrenos são valiosos. Se vocês mudarem daqui, amanhã já será tarde para se arrepender, porque as outras construtoras estão de olho neste pedaço de terra.

— Parem de carregar o caminhão, meu povo. Em vez da gente mudar, vamos continuar a reconstruir tudo — ordenou o senador, aproximando-se de mim.

Ficamos um segundo olhando olhos nos olhos um para o outro. Um segundo que me pareceu uma eternidade. Depois ele pôs as duas mãos no meu ombro, me apertando forte.

— Menino... — disse ele, mas logo interrompendo a frase, mordendo os lábios, não querendo chorar. Com dificuldade, prosseguiu: — Menino, eu só chorei duas veis na minha vida. Quando vi o corpo do seu pai esquartejado, boiando injustiça, e quando você nos traiu a gente. Agora eu peço licença para chorar de novo, a terceira veis, mas chorar de arrependimento por não ter acreditado em você logo no começo dessa trapalhada toda...

— Que é isso, senador... — respondi, sem jeito, comovido por ver lágrimas nos olhos daquele homem rude, acostumado com a vida dura do Beco.

Sem mais palavras, ele me abraçou forte. Me senti afogado e sufocado naquele peito musculoso, mas ao mesmo tempo me senti protegido.

Ainda bem que alguém se lembrou de puxar uma salva de palmas, quebrando o silêncio que havia se instalado na vendinha.

— Viva o Tinho! — alguém gritou.

— Viva!

— Então como é que é, como é que é?

— É pique... é pique... é pique... é pique... é pique... É hora... é hora... é hora... é hora... é hora... Rá... ti... bum... Tinho! Tinho! Tinho!...

Antes de sairmos da vendinha, seu Licurguinho pediu a palavra.

— Um momento, um momento! — e ele tirou da Galeria dos Indesejados o recibo assinado por mim, me incriminando. — Toma, senador...

Senador Genoca pegou o quadro e o bateu com força na quina do balcão. Separando o papel com a minha assinatura dos cacos de vidro que estilhaçaram por todos os lados, ele foi amassando devagarinho o papel. Em silêncio, ele levou o papel até a boca e começou a mastigar, engolindo o meu atestado de culpa. Todo mundo entendeu seu gesto e ouvimos uma nova salva de palmas.

Saí da vendinha carregado nos braços daqueles que queriam me ver pelas costas. "Como a vida é engraçada", pensei. Na noite em que consegui sair da Buraconcrex e que vim para cá, eu estava desacreditado de todos. Se não fosse o padre Bernardo me encontrar, me levar para o Santa Inês, me dar apoio, acho que eu não teria saído dessa.

Quando íamos chegando perto da igrejinha dele, uma mulher veio ao meu encontro. Corri a abraçá-la.

— Mãe!

— Tinho, meu filho, então você conseguiu!

— Consegui, mãe! Consegui provar que a herança do velho Afonso ainda está aqui dentro, mãe! — e apontei o meu peito.

— Eu sempre acreditei na sua honestidade, Waltinho. Mesmo com o falatório em volta, os jornais contando mentiras, a falação no Beco. Mesmo assim eu acreditei sempre em você. Mãe não se engana, filho!

— Mas se não fosse o pessoal do Mo*vida*paz, mãe, eu não teria conseguido provar a minha inocência. Por falar neles — e olhei em volta — onde está o professor Eduardo?

Eduardo já havia saído de cena. Senti-me traído, mas entendi que ele não queria despedidas. Ainda nos encontraríamos várias vezes, no Mo*vida*paz, lutando contra as injustiças da cidade grande.

De repente, lembrei-me de que precisava partilhar aquela alegria com um alguém especial.

TINHO, ESQUECEU ALGUMA COISA?

— Padre, me empresta o seu Antigo Testamento... — pedi, implorando. — Eu tenho um encontro muito sério. O Eduardo acabou me deixando na mão...

— Antigo Testamento é a vovozinha — padre Bernardo reclamou da maneira como eu chamava sua Jawa.

— Desculpe, padre. Me empresta sua CB-400, a máquina mais potente de todos os tempos, máquina que anda movida a caridade e amor!

— Vá lá... Aposto como tem um rabo de saia atrás dessa pressa toda...

Acho que foi a fé, a necessidade, que fez a moto pegar no primeiro arranco. Saí que nem doido pelas travessas do Beco.

— Vai devagar, seu animal! Isso aí não é moto de *playboy* não, seu lazarento! — padre Bernardo resmungava, eu já levantando poeira e deitando o cabelo. — Volte aqui, servo inútil!

Cheguei bem na horinha do término das aulas do Santa Inês. Encostei a moto de qualquer jeito, ansioso para me encontrar com a Ciça.

Graziela e Léa vinham descendo as escadas.

— Cadê a Ciça, meninas? — perguntei, ansioso.

— Ela está vindo...

— Tinho! — Ciça me gritou, aparecendo no alto das escadas.

Eu subi correndo.

— Tô livre, Ciça! — gritei, feliz. — Livre como um pássaro! — e pulava de alegria, abraçando-a.

Como era bom poder estar assim, juntinho dela, sabendo que não devia mais nada pra ninguém.

Quando ia beijá-la, todo mundo começou a tirar sarro de mim. Pegando-a, então, pela mão, entramos no colégio.

— Onde você vai me levar? — ela perguntou, sorrindo. — As aulas já acabaram...

— Vamos a um lugar mais sossegado. Aqui não está dando pé... Eu estou explodindo de felicidade, entende?

Entramos no colégio e caminhamos em direção à capela. Pelo caminho, encontramos algumas freiras que nos saudaram, contentes pela minha vitória.

Depois de se beijarem, Tinho e Ciça perceberam que todas as irmãs os rodeavam.

Irmã Clarice foi mais além. Me abraçou com muito carinho. Irmã Maria Isabel, lá do corredor do andar de cima, viu quando atravessamos o pátio e gritou:

— Tinho, já de volta? Esqueceu alguma coisa, é? — e ela apontou para a Ciça, do meu lado.

Acenei e, apertando com força a mão de Ciça, continuamos nosso caminho.

À porta da capela, paramos.

— Vamos entrar? — convidei.

— Mas aqui?

— Você quer melhor lugar que esse? E depois, eu tenho que agradecer umas coisinhas a um certo Senhor. . .

Diante do altar, apertando a mãozinha da Ciça, eu agradeci a Deus. Depois, virando-me para ela, perguntei:

— Ilustríssima senhorita Cecília Chaguri, é de livre e espontânea vontade que a senhorita aceita o jovem Walter da Silva, o Tinho, como seu legítimo namorado?

— Aceito. E o senhor, ilustríssimo senhor Walter da Silva, aceita a senhorita Cecília Chaguri como sua legítima namorada?

— Também aceito.

Para selar nosso compromisso, tomei o rostinho dela entre minhas mãos e a beijei suavemente, um beijo muito doce.

A vontade era ficar ali por toda a vida, sem nunca terminar aquele beijo, sem sair para a rua, enfrentando a vida, que continuava a ser vivida lá fora.

Quando abrimos os olhos, tivemos um tremendo susto. Entrando bem devagarinho na capela, todas as irmãs nos rodeavam.

Espantados, olhamos para elas, sem graça. Irmã Valentina, então, comandou a salva de palmas, colocando um ponto final no meu sofrimento e nesta história.